光文社文庫

文庫書下ろし

はい、総務部クリニック課です。

藤山素心(もとみ)

JN100141

光文社

この作品は光文社文庫のために書下ろされました。

目次

【第一話】これより社内回診をはじめます

駅の改札に向かって続々と出撃していく、ベッドタウンの通勤戦士たち。

その流れに逆らって階段を降りる朝七時五十分を繰り返して、はや七年。四車線の大きな道路を越えた先に並ぶ住宅区画に交ざる職場を目指し、ここから二十分の距離を松久奏己は灼熱の日も極寒の日も歩き続けている。

もちろんフットウェアは、美脚やファッションなど気にもせず、機能だけで選んだトレッキングシューズ。両手を空けていないと動作が必ずワンテンポ遅れた挙げ句に何かを落としてしまうので、ハンドバッグやショルダーバッグは持たないことにしている。背負っているのは、バックパックと呼ぶに相応しいタクティカルなリュック。これならお弁当も汁気を気にせず、水平を維持したまま入れることができて安心だ。

毎日見かけるあなたがずっと気になっていました——という展開など、この世には存在しない宇宙のファンタジーだと知っている。実際、十六年もの長きにわたる学生生活で一度も経験することがなかったのだ。ドミノ倒し的に考えれば、これから先もそんな展開はないと考えるのが妥当だろう。だから、通勤装備は機能重視でいいのだ。

「あ、すいません……」

それでも、正面から歩いて来る人を上手く避けきれない。ながら歩きでスマホをいじっているわけでも、イヤホンで耳を塞いでいるわけでもないのに、不思議で仕方ない。しかも左右どちらへ道を譲ろうか迷っているうちに、露骨な舌打ちで睨まれるまでがセットと決まっているから困ったものだ。

逆に必ず寄ってくるのは、ポケットティッシュかチラシ配り。あるいは、モデルルームの勧誘だけ。そして時々、なぜかお年寄りと目が合ってしまい道を聞かれる。

競争と名の付くすべての物に勝てる気がしないまま、来年には二十代と決別しなければならないけど仕方ない。それでも楽しくやっていく方法を、身に付けた自信はある。

人と競わず、争わず、かかわらず、なるべく魂の量がすり減らないようにすること。そうすれば、ストレスは最小限で済む。手に入れる物は少なくていい。その代わり、失う物も最小限にすること。そして人として、想像力豊かに生きていくことが大事だと悟った。

想像は永遠に自由で、対価を求められることが決してない。

たとえば毎日見ている、この中規模分譲マンション。三階の角部屋に干してある洗濯物や、出窓に並べるでもなく無造作に積まれたキャラクターのぬいぐるみたち。そこから、ここに住んでいる人の生活を色々と想像してみるのだ。

これが、とても楽しい。

自分があそこに住んでいたとしたら、ローンを何年先まで組んでいるだろうか。やはり共働きだろうか、それとも主婦だろうか。子どもはいるのか、いないのか。そして夫は将来ハゲるのか。もしかすると、おひとり様でマンションご購入のコースかもしれない。いや、近隣にどんなモンスター住人がいるか分からないのに、何千万円の買い物は危険極まりない。それなら、高級老人介護施設の入居費用に貯めておく方が良くないだろうか。

そんなことを想像しながら歩いていると、徒歩二十分の距離もあっという間。住宅地の景色が広がり始めると、五階建ての社屋が見えてくる。

残りの人生もこんな風に淡々と続いてくれるだけでいいのにと、思わずため息が出た。

「おはようございます」

株式会社ライトクは、清掃用具などの美化用品を製造販売する企業。ここはそれほど大きくないし千葉県にあるのに、江戸川区が近いせいか東京本社という名前が付いている。でも東京の船堀(ふなぼり)や広島に支店もあり、埼玉と神奈川には製造工場を三カ所、配送センターを二カ所も独自に持っているので、規模としては本社と名乗って問題ないだろう。

そんな清掃美化用品を取り扱う会社だけあって、ライトク東京本社の朝は、向こう三軒両隣の敷地前まで、社員が持ち回りでゴミ拾いと掃き掃除をするのがいつもの光景だ。

「はよざまーす」

「ざーっす」

ホウキとチリトリを持ったまま顔も上げない男性社員たちが、ぞんざいに挨拶を返してくるのもいつも通り。七年経った今でも限られた人たちにしか顔と名前を覚えられていないものの、別に気にならなかった。エイジングと共に扱いが空気のようになっていくことを嘆くセレブ女性たちのSNSを見かけるけど、打たれ弱い人間にはこれぐらいの空気感がちょうどいい。出る杭は打たれるのだから、打たれ弱い人間は出なければいいのだ。

どこで聞いたか忘れたけど「沈黙の安泰」という言葉は、今までの生き方そのものを肯定してくれているようで大好きだった。

しかし、それも今日からは望めない――そう考えると無意識にまた大きなため息が出てしまい、階段を上る足取りも重くなった。

「お、おはよう……ございます」

開けたドアには、見慣れないプレートが貼ってある。

【総務部　クリニック課】

三階の隅で使われなくなった小会議室に、この聞き慣れない謎部署は新設された。

一般職とはいえ、異動とは無縁でいられないことは理解しているつもりだった。入社からずっと総務課だけというわけにはいかない可能性も、ある程度は考慮していた。

しかし聞いたこともない新設の部署に配属されるとは、さすがに想像できなかった。

「おはよう。松久さん」

サラサラに伸ばしたアシンメトリーな前髪を左耳へかけたツーブロックに、淡白系ホスト顔をしたこの男性――森琉吾。クリニック課の新設にあたって中途採用された、三十六歳の課長兼医師だ。

ぼんやりしているのやら、見つめられているのやら、ともかく視線を逸らしてくれない。

課長で医師という存在の違和感をいまだに脳内で反芻しているものの、正直なところ課長で医師でホストという説もあり得るのではないかと考えている。付け加えるなら医師だけに白衣を羽織っているので、雑誌に載るレベルのコスプレイヤー感も否めない。すると課長で医師でホストでコスプレイヤーという異次元キメラ生物が爆誕してしまい、妄想も多元宇宙論的な広がりを持ってくるから困ってしまう。

「お……おはようございます、森先生」

「気にせず、課長と呼んでもらえれば」

「……はい、課長」

なぜ先生ではダメなのか、分からない。しかし源氏名か芸名があるならそちらで呼んでもかまわないとさえ思っているので、これはさほど問題ない。

「あ、奏己さん。おはようございまーす」

次は前髪にゆるめのツイスト・スパイラルパーマをかけ、センターパートにしたメガネのチャラ系ホスト顔の男性——眞田昇磨（さなだしょうま）。クリニックがあっても薬局がなければ意味がないと、同じ部屋に新設された『薬局課』に中途採用された、二十八歳の課長兼薬剤師だ。

こちらは元気いっぱいの、末っ子弟気質と言えばいいだろうか。

もちろん課長で薬剤師という存在の違和感を、いまだに脳内で反芻しているものの。正直なところ課長で薬剤師でホストでコスプレイヤーであったとしても、あるがままを受け入れようとしている自分が恐ろしい。ふたり目ともなればもう、どんな異次元キメラ生物もありだろう。ともかくこれから毎日、こんなふたりと一緒に働かなければならないのだけは間違いないのだ。

「おはようございます……あ、っと」

医師は先生と呼べばいいものの、薬剤師はなんと呼べばいいだろうか——そう思ってネットで検索したところ「薬剤師同士は先生と呼び合うが、民間人は薬剤師を先生と呼ばないことが多い」という不毛な結論に辿り着いたので考えるのを止めたのだった。

「昇磨でいいスよ。新人ですし、後輩ですし」

「や、それはダメです……あの、課長……いや、眞田課長」

社内に組み込んだ部署のため、給料は中途採用の社員と同じだという噂だけど、本当にそれで医師と薬剤師が雇えるのだろうか。マンパワーが割けないのは理解できるが、目指すのは曲がりなりにも医療部署。そもそも、三人だけで成立するのかも心配でならない。

挙げ句にふたりして白衣を羽織ったところで、全身から醸し出される浮世離れしたオーラは隠し切れるものではなく、堅気の社員にはとても見えない。

ともかく確保できたのはこのふたりだった、ということを受け止めなければならないのが、現実というものなのだろう。

「ははっ。じゃオレのことは、奏己さんの好きなように呼んでもらって……あれ？　もしかしてオレも、松久さんって呼んだ方がいい感じですかね」

爽やかな笑顔が直視できないのは知っていたけど、これほど眩しいとは思わなかった。

「あの……それこそ、好きなように呼んでもらって……はい」

「じゃあ、すいませんけど――って、別に謝らなくてもいいか」

もっと言えば、名前の呼び方ひとつでここまで話を引っ張れることが不思議でならない。

これでコミュニケーションを成立させられるのはクラス替えしたばかりの高校生であり、なおかつ陽気で明るいキャラクターたちのグループ内に限られるものだと思っていた。

「ね、奏己さん」

「え？　あ、はい……ですね、はい」

「よかった。オレ、すぐに相手の垣根を飛び越えて懐に入り込むクセがあるんで」

そしてこの会話、何故かとてつもなく恥ずかしい。これは経験したことのないムズ痒さ、変なホルモンが体を駆け巡るほどの恥ずかしさだ。

「松久さん。これを」

「はいっ⁉」

そして無意識なのか、わざとなのか。森先生の距離感が信じられないほど近い。新しいＩＤを手渡すのに、この近さはないと思う。これはエンゲージな物を手渡される距離と言ってもいい。そのうえ、信じられないほどいい匂いがするのも非常に困る。つまり、何もかもが信じられなくて困るということだ。

「ん？　なにか？」

「や、別に……何でも、ないんですけど」

「リュウさん。近いんだってば」

眞田課長のストレートすぎる代弁に感謝したい。

「申し訳ない。ショーマがいるので、つい」

「いえ、こちらこそ失礼しました」

おかしな受け答えになったところで、そもそも森先生は気にもしていない。

「ちょ、なんでオレのせいなのよ」

「なんとなく」

「マジで距離感、どうかしてるよね。あれだけ勘違いされても、学習しないんだもんな」

それより眞田課長が会話に入って来たことで、学生みたいな仲良しグループ感が強くなってしまったことの方が問題かもしれない。

「認知機能の修正は、そう簡単にできるものではない」

「奏己さんも、リュウさんが近すぎる時はハッキリ言ってやってね」

自分が打たれ弱い人間だということは、自分が一番よく知っている。

だから打たれないよう、出る杭にならないよう、どこのグループにも属さず、誰の噂話にも交ざらず、七年も努力し続けてきた。仲のいい同僚も味方もいない代わりに、敵もいない。そんな社内での絶妙な人間関係を、七年かけて築き上げたのだ。

「あ、はい……」

それなのに、これほど人目を惹くふたりの男性と仲がいい——特に女性社員からそう勘違いされたら、今までの努力は水の泡。一部の女子が小学生の頃から脈々と受け継いでいる、あの理不尽な敵視から逃れることができなくなってしまうだろう。

それだけは、どうしても避けたかった。

「松久さん。そろそろ、アナウンスをお願いしてもいいだろうか」

「……え？」

新しく就任した三代目社長が社内改革の一環として新設した、総務部クリニック課と薬局課。それは社会情勢と福利厚生の両面から、社内に病院機能を組み込むべきだという大胆な発想から始まったもの。新設の部署というだけでも十分目立つのに、それが最小ユニットとして機能するためには、どうしてもあとひとり——事務系のピースが必要だった。

「クリニック課の医療事務、初仕事として」

その医療事務に、なぜか選ばれてしまったのだ。

もちろん未経験で資格もなかった。いくら総務課が何でも屋だとはいえ、自分磨きをするつもりのない人間が認定資格を取るはめになるとは、さすがに予想できなかった。

「……やっぱり、必要ですよね」

「初めての社内回診だし」

そして与えられた社外研修という名の猶予は、三ヶ月。まったくの素人が一から講習を受け、全国医療福祉教育協会の医療事務認定実務者試験に合格しなければならなかった。

今でもその字面を見ただけで緊張してトイレに行きたくなるけど、これは辞令であり命令だ。基本的に断れるものではないし、泣きながら断り続けたところで、それはそれで痛い人すぎて目立ってしまう。もし、人知の及ばない力が働いて断ることができたとしても、この任務は必ず他の誰かに回り、その人から怨(うら)みを買ってしまうだろう。だからといって、不合格になれば、三ヶ月も遊んで給料をもらっていたと思われるかもしれない——。

つまり、見知らぬ世界の認定試験に合格するしか選択肢がなかったのだ。

「心配しなくても、大丈夫スよ。奏己さんの声、優しい感じだし」

　家を出る前からずっと水分を控えているのに、トイレに行きたくて仕方ない。

　しかし時計の針は、もうすぐ就業開始時刻だと知らせている。

「練習通りでいいと思うが……もし、できそうにないなら」

「や、大丈夫です。これ、いつものことなので」

「いつも……これ？」

　――おはようございます、総務部クリニック課からのお知らせです。これより、社内回診を始めます。健康上のお悩みをお持ちの方は承りますので、お気軽にご相談ください。

　今朝までさんざん練習してきたセリフは、すらすらと脳内を駆け巡っている。ただ受付カウンターに設置されたマイクを見ると、トイレに行きたくて仕方なくなってしまうのだ。

　これは子どもの頃から続く、癖のようなもの。ちょっとした緊張でもすぐにこうなるので慣れており、まだ我慢できるレベルだとも分かっている。

　だがしかし――。

「すいません……先にちょっと、トイレ……いいですか？」

「なるほど」

「あ、そういうことね。どうぞ、どうぞ」

　こんな調子で、対面業務の医療事務などやっていけるはずがない。

そんな不安が脳裏をよぎると、さらに膀胱が刺激されるのだった。

▽　▽　▽

見慣れた社内を、見慣れない白衣のふたりが颯爽と並んで歩いて行く。

オフィスに白衣という姿だけでも目立つのに、ふたりとも整った顔立ち。廊下ですれ違う人たちだけでなく、かなり遠くからの熱すぎる視線も感じる。浴びた注目の総線量は、過去七年分を軽く超えているのは間違いないだろう。

「おはようございまーす。クリニック課の回診でーす」

それでもためらうことを知らない眞田課長は、きゅっとメガネを押し上げながら笑顔で総務課へと入っていった。その笑顔は営業の人が作る熟練のプロフェッショナルなものというより、純粋無垢な少年のそれに近い。この勢いで前後に大きなボックスを積んだ自転車に乗り、小さな乳酸菌飲料を配り歩かれたら誰でも迷わず一本買ってしまうだろう。

「ほら。リュウさんも笑顔、笑顔」

「そうだな」

そのあとを、森先生がアルカイック・スマイルで続いた。相変わらずどこを見ているのか分からないけど、なんとなく自分を見ているのではないかと誰もが錯覚してしまうこのモナリザ視線。朝のバタついた空気が、一気にクールダウンされていくのが分かる。

「あれ？　うっそ、奏己じゃん」

そんな神々しいふたりを盾に、飛び交う視線の銃弾から隠れていたつもりなのに。総務課で一番厄介な同期が、すぐに食いついて駆け寄ってきた。

「お……おはよう、紗歩」

「え、なにこれ。なんなのクリニック課って、誰なのこの方々は。何がどうなったら、アンタがそこに交ざり込むワケ？」

いつもと違う、この目の輝きは何だ。

合コンを開いてくれと頼む時の目とも違う、誰かの彼氏を全否定する時の目とも、自分の知らない新商品を見せられた時の目とも違う。これは複数の感情が入り交じった、複雑な目の色。そもそも、席を立ってまで近づいて来たのには理由があるはずだ。

会社というサバンナを生き抜くための鋭敏なインパラ・センサーは、この場から急いで逃げろと警告していた。

しかし散歩に同行しているだけのように見えても、今はクリニック課の業務中。いてもいなくてもいい存在とはいえ、ここでトイレの個室に駆け込むわけにはいかない――と考えてみると、社内回診に同行する必要があったのかという根源的な問題に行き着いてしまうので、それ以上は考えるのをやめた。

「あの、ほら。私、資格を取るために三ヶ月ほど」

「あーっ、あれか！　なんだっけ、病院の事務さんのやつで」

「全国医療福祉教育協会の」

「えっ、これが仕事なんだ！　ちょっと、ちょっと。アタリ引いたんじゃない？」

相変わらず早口で、相手の話を遮るのは当たり前。褒めているのか貶しているのか分からない、この口調も健在だ。異動先の仕事を「アタリ」と表現するなら、まるで総務課の仕事は「ハズレ」だったように聞こえてしまう。逆の立場で考えると「総務課は忙しくて大変だけど、クリニック課はヒマでいいね」という意味も含まれる。そういうことを、紗歩は声のボリュームも絞らず平気で言うのだ。

「まだ……何をやっていいのか、分からないんだけど」

「いいんじゃない？　奏己のペースで。どうせあたしも、来月で辞めるし」

「え、辞めるって……？」

「退職」

「転職？」

「まさか。結婚するんだってば」

「け――」

世界の駆動音が止まり、あたりの景色が色を失った気がした。

いつもと目の輝きが違ったのは、この隠し球をぶつけてくる前ぶれだったのだ。

同期のうち、今もライトクに残っているのは紗歩だけ。二十五、六歳には透明な分岐点でも存在しているかのように、みんな様々な理由で退職していなくなった。

そんな中で紗歩は、入社五年を過ぎた頃からいわゆる「お局」的な風格をまとい始めた。上にはうまく取り入り、下には強く出るその狡猾な姿は、他の部署でも洗面台の歯磨きタイムで話題になるほど。しかし質が悪いのは、そのことを紗歩自身も十分に理解したうえで、意図的に行動していることだった。

「――結婚、するんだ……お、おめでとう」

「ごめーん。奏己には言ってなかったっけ」

同じ部署で同期である以上、まったく言葉を交わさないわけにもいかない。使えない奴だと冷たい視線を浴びながら、めんどくさい仕事を全部押しつけられながら、それでもランチや合コンに誘われない程度の絶妙な関係を維持しながら、七年間も話し相手になってきたつもりだった。共同でマンションを買って一緒に住まないかと誘われた時も、なんとか逃げ切るためとはいえ、頭を突き合わせて将来設計を考え直した。

しかし、結婚退社を控えていても教えてくれることはない――それが紗歩だ。

「そっか……結婚、か」

明日と他人に、何かを期待しているわけではない。

明日になれば何かが変わることもないし、誰かが助けてくれることもない。

しかしこれは、あまりにも青天の霹靂。今風に言うならゲリラ豪雨だろうか。そもそも紗歩に、結婚を考えるような相手がいたことすら知らなかったのだ。

「奏己は、婚活とか興味ないもんね」

就活、朝活、婚活、妊活――これからの人生で積極的に活動するのは、終活だけで十分。あとは推しが現れたらヲタ活を、他はせいぜい腸内細菌を整える腸活をするぐらいだ。

しかしこれで今日から「私にも、そういう人がいたらいいんだけど」と、思ってもいないことを言って紗歩に媚びたりご機嫌を取ったりする日々とは永遠にさようならだ。できれば退社したあとまで結婚式の招待状を送られてご祝儀をむしり取られないよう、スナック感覚で着拒とブロックを――できる人間に生まれ変わりたいものだ。

「私にも、そういう人がいたらいいんだけど」

反射的に口を突いて出てきた言葉に、我を失いそうだった。理屈では分かっていても、染みついたパワーバランスのせいで、この期に及んでもまだご機嫌を取ってしまう。

さっきトイレに行ったばかりなのに、また膀胱が刺激されている。

子どもの頃から薄々感じていたけど、この頻尿は間違いなく「弱い心」の発動と関連しているのだと思う。もっと心を鍛えれば、きっと膀胱も強くなるはず。膀胱には「我慢」という文字が似合うのだから、根性論でなんとかなる内臓ではないだろうか。

「ご結婚おめでとうございます」

今まで無言のアルカイック・スマイルを貫き通していた森先生が、いつの間にか相変わらずおかしい距離感で紗歩の目の前に立っていた。

「えっ⁉　あ、ありがとう……ご、ざいます？　えーっと……森、先生」

ＩＤカードに目を逸らし、あの紗歩が怯んでいる。

いつもならどんな初対面の相手でも、眉の手入れから服のアイロン掛けから、靴のつま先が汚れていないかまで舐めるように値踏みする、あの紗歩がだ。

「課長、と呼んでもらえれば」

「あっ、と……すいません、森課長」

怯んだ挙げ句、その近すぎる間合いに耐えられなかった紗歩は一歩下がった。いい男を目の前にしながら後退を強いられる――これは紗歩にとって、屈辱的な敗北だ。

それを見ていた眞田課長がこちらをふり返り、なぜか意味深に親指を立てながら白い歯をのぞかせていた。これは、純粋無垢な少年の笑顔ではない。グッドジョブだと褒めて欲しそうにしている、天真爛漫な小悪魔のそれだ。

ということは森先生が紗歩と距離を詰めたのは、眞田課長の誘導ということか。

まさか今のやりとりだけで、紗歩との関係を見抜いたとでもいうのだろうか。

そんな動揺とは関係なく、森先生の圧が容赦なく紗歩を襲っていた。

「抗体検査や予防接種のご予定は？」

「は？」

のけぞり気味に、紗歩は必死で意味を理解しようとしている。

「プレコンセプションケア、あるいはブライダルチェックとして、麻疹、風疹、各種感染症の抗体価を調べておいて損はないかと」

「あ、はい……」

また一歩、後ろにさがった紗歩。

「二十代でも子宮がんはあり得ます。ヒト・パピローマウイルス（HPV）検査なども含めて、パートナーの方とご相談をされてみては？」

「……はぁ」

もちろん医師なのだから、その内容が医学的なのは当たり前とはいえ。それ以前に森先生はこれほど流暢に長文を話せるのかと、バカみたいなことに驚いてしまった。

あまりにも見た目が淡白系ホストそのものなので、しばしば医師であることを忘れてしまう。その先生の口から【プレコンセプションケア】や【ブライダルチェック】という言葉が出てきたことが、驚きに拍車を掛けたのだと思う。

「つまり、あれっスよ――」

森先生の言葉が途切れた瞬間、すかさず眞田課長が会話をフォローする。

「――あと一ヶ月しか一緒にお仕事できなくてすごく残念スけど、クリニック課では女性社員の方たちもバンバン応援していくつもりです。ってことですよね？　森課長」

その勇気も然る事ながら、伝わらずにどこかへ飛んでいきそうだった森先生の会話を強引に引き戻すそのスキルは、凄いのひとこと。これはもう、一日の終わりに、疲れた人たちを巧みな話術で癒すようなお仕事をしていたと考えるのが妥当ではないだろうか。

「そうです。俺は、それが言いたかった。申し訳ない、失礼します」

「はい……？」

眞田課長のフォローに満足したのだろうか。ぽかんとしたままの紗歩をあとに残し、すてすてと森先生は総務課の中へと押し通っていった。

「ちょ、リュウさん。すいません、お仕事中にお邪魔しました。ほら、奏己さんも」

「えっ？　あ、はい！　じゃ、紗歩。ごめんね、またあとで」

「う、うん。まぁ……奏己も、がんばって」

紗歩に手を振られた瞬間、不思議とすべての負債が清算されていくのを感じた。

終わり良ければすべて良し――というより、終わってしまえばあとはどうでも良し。ともかく、めんどくさい関係はこれで終わり。これからの人生に、紗歩という存在は消えるのだから、こちらも「めでたし、めでたし」で終わりにするべきだろう。

「はじめまして。クリニック課の森です」

そんな心の些細な機微にはお構いなしに、気づけば森先生は総務課の課長の前に立っていた。しかも手を差し出して、握手を求めている。

課長も面食らってはいるものの、紗歩とは違って腰を上げようとはしない。もちろん、日本では馴染みのない握手に応えるつもりもなさそうだった。

「クリニック課？　あぁ……あの、辣腕新社長の肝煎り部署か」

鋭敏なインパラ・センサーが、またもや危険な信号をキャッチ。それに素早く反応した膀胱のせいで、トイレへ駆け込みたくて仕方なくなってしまった。

「しかしまた、ずいぶん若いけど……あ、そうか、お医者さんか。なら仕方ないのか、それぐらいの歳でも」

自問自答して、自己完結したらしい。

いくらクリニック課が、謎の新設部署とはいえ。五十歳を前にしてようやく昇進した課長にとって、三十六歳で自分と同じ課長待遇の中途採用は納得がいかないのだろう。この世代までは、年功序列という古き日本の経営感覚がまだ確実に残っているのだ。

「……それは、どういう意味ですか？」

森先生は、再びアルカイック・スマイルになって動作を停止。

こちらの膀胱は、さらなる刺激を受けて切迫する。

止まって澱み始めた空気を動かすためか、すぐに眞田課長が小声で耳打ちした。

「リュウさん。肝煎りってのは、熱心に手をかけたって意味ね」

「なるほど。そうですね、クリニック課は肝煎りの部署です」

引っかかっていたのは、そこか——というツッコミは、ぐっとこらえて飲み込んだけど。

それにすぐ気づいた眞田課長と先生はどういう関係なのか、いずれは聞いてみたい。

「で？　そのクリニック課の先生が部下を引き連れて、今日は何をしに？」

課長が冷めた視線をこちらに投げかけてきた理由は、痛いほど分かる。

昨日の終業後に投げ込まれたメールの対応と今日やることに追われ、この時間帯はわりと忙しい。挙げ句に異動の欠員を補充されたという話も聞かないし、来月に退社する紗歩も引き継ぎが必要になるような仕事は引き受けないだろう。さすがにマンパワーが二欠ともなれば課長も人事に強く訴えられるだろうけど、今はまだそれもできない。

これはそういった負の感情が凝縮された、非常に密度の濃い視線だった。

「課長、と呼んでもらえれば」

「……は？」

森先生のこのやり取り、これで何回目だろうか。

敬称として、普通は誰でも「先生」と呼ばれたいものだと思っていた。政治家の先生、作家の先生、弁護士の先生、時には「自称」先生。それなのに本物の医師である森先生は、なぜか課長にこだわる。しかも、ちょっとだけ嬉しそうな顔で言っているのだ。

「森課長、で差し支えありませんので」

「そ、そうか……森課長」

絶対に引かない森先生に、総務課長の方が折れてしまった。まばたきもせずにこの瞳で真正面から見つめられると、男女問わずに誰でも引き下がるしかないのかもしれない。

「いかがですか、お体の調子は」

「はい？」

社内回診とはいえ、課長が返事に困る問いが急な角度で投げつけられた。

課長の売りは「元気だけ」だ。病欠も早退も見たことがないし、インフルエンザや新型感染症にも一度も罹ったことがない上に、健診項目は毎年オールA。

そのことは元総務課の人間として、あらかじめ先生に教えておくべきだったと反省と後悔に押しつぶされそうになっていると、隣で眞田課長がヤレヤレな顔を浮かべていた。

「あーあぁ。リュウさん、完全にテンパってんな」

「え……森先生が、ですか？」

「間違いないスよ」

「あれで？」

「表情が乏しいんで、分かりづらいですけど……あれ絶対、大学病院の病棟回診とごっちゃになってますよ」

「先生って、大学病院に勤めておられたんですか？」

「助教で辞めたんスけどね」

人間とは現金なもので、それだけでちょっと見る目が変わってしまう。

「けど、あの人。昔は厚生労働省の研究班会議で、かなり偉い人たちをアカデミックな暴力でねじ伏せてたんスよ？　なのに、なんでこんな回診で緊張してるかなぁ」

「厚労省⁉」

「びっくりしますよね。助教の時、兼務してたんですって」

もう少し気心が知れてきたら、アカデミックな暴力がどんなものなのか聞いてみたい。

「……そんな人でも、緊張するんですね」

ライトクの総務課で緊張する理由は分からないものの、森先生がなんとなく人間らしくて安心した。何に緊張するかは、人それぞれなのだ。

とはいえ、さっきまで機敏に先生をフォローしていた眞田課長は、なぜこの状況でも動こうとしないのだろうか。その線引き感覚を、いずれはコーヒーでも飲みながら気軽に聞ける間柄ぐらいには馴染みたい。

「大丈夫ですよ。まだ、リュウさんだけで会話は回ります」

「え……もしかして、口に出てました？」

「ははっ。当たってました？」

鋭敏なインパラ・センサーで会社という名のサバンナを生き抜いてきた自信があったのに、次世代型コミュニケーション・モンスターの前では勝てる気がまったくしない。

そのうち森先生は眞田課長の予想通り、アルカイック・スマイルで次の会話へ繋ぐことに成功していた。

「何でもお気軽に相談していただいて差し支えありません」

「なんというか、あれかな……先生は、産業医みたいな感じ？」

「いいえ、医療機関です」

「え……やっぱり、社内の部署じゃなかったんだ」

「いいえ。部署でもあり、届け出上は独立した医療機関でもあります」

誰もが感じる不思議さに、課長も首を捻っていた。

「我々クリニック課は市に届け出をして、『医療施設』として認められた『社内部署』です。検査、診断、治療はもちろん、薬局課もあるので処方も行えます」

「あーっと……まぁ、うん……なるほど」

「それから。私のことは、課長と呼んでいただいて差し支えありません」

森先生が不意に饒舌になるタイミングが予想できない。想像できたのは「先生」と呼ばれて引っかかるだろうな、ということぐらい。隣で満足そうに眺めている次世代型センサー付きの眞田課長には、これもお見通しだったのだろうか。

「でも、あれじゃないの？　自費診療で……とか？」

「保険診療です」

「けどそれじゃあ、かかりつけの病院に行けばいい話で」

「新型ウイルス感染症の世界的な流行で明らかになった問題に、そもそも『かかりつけ医』のない人が大勢いたことが挙げられます。最近では十八時以降も受診できるクリニックは増えてきましたが、社内に医療機関があることに勝るものはないと考えております」

「でも……まぁ、うん」

「しかも患者負担額のさらに半分を、福利厚生としてライトクが負担します」

「半分？　初めて聞くシステムだな」

「それは【すべての社員に健康と福祉を】という、社長の方針です」

「あー、はいはい。また新社長の、それ系の話ね……」

やれやれとため息をついた、健康優良総務課長。

何か他にも、新社長に困らされているとでも言うのだろうか。

「それ系とは、どういう意味ですか？」

「いやぁ、知らないと思うけど……今度の新社長、ちょっと変わり者っていうか、天才肌っていうの？　すごい経歴の持ち主なんだけど、話についていけないところがあってね」

「なるほど。早口といえば、そうかもしれませんね」

話についていけないのはスピードの問題ではないと、眞田課長が説明に入ることはなかった。この介入と非介入の線引きもまた、次世代型センサーの性能なのだろうか。

「うちも来月、ひとり辞めるんだけどね。人事から『再雇用証明書』なんて、聞いたこともない書類が回ってきて……補充がどうなるか分からなくて、困ってるんだよ」

「なるほど」

「あ、聞いたことある？」

「ないですね」

ないのかよ——と課長の顔に書いてあったけど、眞田課長も同じような顔をしていた。

「産休や育休からの復職はもとより、色んな理由で職場を退職してもだよ？　戻る意志があれば、時期を問わずに再雇用を保障するんだってさ」

「なるほど。それは【働きがいも経済成長も】というやつですね」

「いや、知らんけど。今年からは『個人学習経費』ってのが認められるようになったらしいし、何を考えてんだか凡人にはサッパリだよ」

「それは【質の高い教育をみんなに】ということでしょう」

いや知らんけど——という吹き出しが総務課長の口元に見えた気がしたけど、まったく同じ意見だった。意外に課長とは、この先も総務課でうまくやっていけたかもしれない。

「経理部も雑務が増えて、たまったモンじゃないだろうけど……その代わりルーチン業務をアウトソーシングしてもらったんだから、総務課よりは恵まれてるか」

そうやってチクリと嫌味を言ってくるあたり、やはりこの先も課長とうまくやっていくことは難しかったのだと改めて思った。

「ま、エラい人の考えることはよく分からんけど……何かあったら受診するよ」

「そうですか。皆さんも、どうぞよろしく」

オーソドックスな対向島型にレイアウトされた総務課をふり返り、ついに森先生が軽く手を振ってしまった。これはどの角度から見ても、やんごとなき人。どこからともなく女性社員の小さな悲鳴が上がったのも仕方のないことだろう。

とはいえ。不本意ながらもついて歩かざるを得ない哀れな頻尿のアラサー女に対して、願わくは的外れな憎悪は抱かないで欲しい。そうでなければ誰かの視線を浴びる度に、トイレの個室へ駆け込みたい衝動に駆られ続けることになってしまう。

「さ、リュウさん。回診、遅れ気味だよ」

「そうか。ところで、松久さん。このフロアには、他に何の部署が？」

「えっ⁉」

これで社内回診が終わると、いつから錯覚していたのだろうか。

何に緊張するかは人それぞれとはいえ、我ながらトイレの近さに情けなくなってしまう。

「次に回る部署」

「あーっと、そうですね……あの、すいません……森課長」

「なにも謝る必要はないと思うが」

「そうではなくて、その……ちょっと、その前に……トイレへ」

ふたりの沈黙が尿意をさらに加速させた。

早歩きで個室に飛び込めば、たぶんまだ間に合うはずだ。

「なるほど。では、俺も」

「……え？」

「ちょっと、ちょっと。オレだけ置いていくのは、ナシでしょ」

「えっ？」

女子か――というツッコミは、ぐっとこらえて飲み込んだものの。いい歳の男女が三人そろって会社のトイレに向かうという、ちょっとシュールな絵面には笑ってしまう。

その気の緩みが膀胱も弛めてしまうから困ったものだ、などと言っている余裕はない。

「なぁ、ショーマ」

「ん？」

「なぜ『連れショウ』とは言わないのだろうか」

「は？　なにそれ」

「いや。この状況」

「もしかして『連れション』のこと言ってる？」

「そう。連れだって小便に行くなら連れ『ショウ』だと思うし……もし、大」

「ダメダメ、待って待って。それ、女性の前でする話じゃないよね」

はっ、と目を見開いた森先生。

もういい歳の大人なので、そのあたりは気にしてもらわなくても大丈夫なのだが。

「大変申し訳ない」

「あ、いえ……別に私は」

「ごめんね、奏己さん。リュウさん、悪い人じゃないんだけどさ」

「まだ顔を合わせたばかりだというのに、俺まで勝手にハードルを下げてしまって」

「あの、それは大丈夫ですから……」

逆にこんな会話ができたことで、気持ちも膀胱もさらに弛んでしまうから危険極まりない。さらにはすれ違う人たちからの強烈な好奇の眼差しが追い打ちをかけ、限界に達した膀胱のせいで小走りになってしまった。

するとなぜか、三人揃って(そろ)てトイレまで競歩。

この珍妙な光景——お願いだから笑わせないで欲しかった。

▽　▽　▽

待たせるわけにも、手順を省くわけにもいかず。

経験したことのないスピードでトイレを済ませ、次は第三商品開発部へと向かった。

ここはＩＴデジタル関連のパーツ開発を担当する、通称「三開（さんかい）」と呼ばれている部署。

四人だけの明るい室内はオフィスというよりも、ガジェット大好き男子たちが集まって部屋を占拠した感じ。総務課時代の思い出に残っているのは、頼まれる備品が特殊すぎて、長い型番を何度も確認しないと注文できなかったことに尽きるだろう。

「おはようございまーす。クリニック課の回診で――」

「あっ、眞田さん！　それ、スマートグラスじゃないですか⁉」

入って二秒で、白髪交じりの男性社員が駆け寄ってきた。それを合図に、モニターの前に座っていた三人全員が、あっという間に眞田課長を取り囲んでしまった。

「うそぉ、いいなぁ。それ、フォルカル社製でしょぉ」

「網膜投影のヤツか。焦点距離、どうやって調整しとるんや」

「スマホ経由にしたら、動画の処理がカクつくんじゃね？」

四人は年齢も経歴もバラバラ。新卒からライトク一筋の人もいれば、町工場からの転職組もいる。それでも知る限り、社内で最も風通しの良い部署だと言えるのは、この「趣味の延長線上に仕事がある感じ」によるところが大きいと思う。

「すごいスね、みなさん。こんなに速攻でバレるとは思ってなかったですわ」

「ちょっとだけ！　ちょっとだけ、見せてもらえないですかね⁉」

「おれも、おれもぉ。おれもかけてみたいわぁ」

「めっちゃカッコええな、これ。全然フツーのメガネにしか見えんし」

「眞田くん家のＩＰカメラって、どこのヤツにしたんだっけ」

なんとなく話の内容をまとめると、話題はどうやら眞田課長のメガネのようだった。もちろんスマートグラスが何なのかはサッパリ分からないけど、少なくとも三開の人たちが興味津々に食いつくようなガジェットであることに間違いない。

しかしもっと分からないのは、すでに眞田課長のことを知っていることだった。

「そうだ、森課長！　どうでした⁉　社内各部署の数値と様子は！」

ひとりだけ妙にテンションの高い人が、思い出したように森先生をふり返った。

「おはようございます。概ね、予想通りでした」

話に取り残されたり、あえて交ざらなかったりするのには慣れている。

しかし、先生まで当たり前のように会話に入っていけるのはなぜだ。社内回診は今日が初めてのはずなのに、まるで三開の人たちとはすでに打ち合わせでもしていたようだ。

そんな様子をお客様になって遠巻きに眺めていると、なぜか先生が手招きしてきた。

「松久さん。ちょっとこれ、見てもらえるかな」

「あ、はい！」

呼ばれてモニターの前まで行くと、もっと近づいてごらんとばかりに自然と背中へ手を回された。そのスマートで流れるような動作に意図はないと知りながらも、ひとりで勝手に舞い上がるぐらいには特別扱いされているような勘違いをしてしまう。

周りにいた三開のみなさんもその雰囲気に飲まれたのか、さっとモニターの前まで道をあけてくれる始末。軽く王室の視察気分になって、危うく「うむ」と言うところだった。

「見てこれ――」

そのキラキラした瞳に、どう答えればいいのだろうか。モニターには間取り図のような仕切りが並び、その中に数字がいくつか浮かんでいる。それらが何らかの意味を持って、信号機のように赤、黄、緑と警告しているように見えた。

「――これは、社内の空気状態（エアコンディション）を集中管理しているモニター。三開のみなさんにご協力いただいて、ネットワーク管理できるようにしてもらったものだ」

「エアコンですか」

「いや。マルチセンサー」

「……センサー？」

「室温、湿度、二酸化炭素濃度を同時に計測できる、各部署の壁に取り付けてあった、あの四角いセンサー」

「あ、あぁ……？」

もちろん、そんなものに気づく余裕などあるはずがない。

総務課の回診中は、ただただトイレに行きたかっただけだ。

「ここを見て欲しい」

「うっ——」

一緒にモニターをのぞき込むにしても、相変わらず森先生の顔が近すぎる。

「……どこか、体調でも？」

「いえ、全然」

おまけに反対側から眞田課長ものぞき込んだものだから、ホストサンド状態。挟まれて顔が熱くなるという意味では、ホットサンドと言えるかもしれない。夜の新宿なら幾らぐらいになるのだろうかと、行ったこともないホストクラブを想像してしまう。

「奏己さん、行ってきていいスよ？」

「あ……私、やっぱり邪魔ですよね」

「えっ？　いや、トイレかなと」

ふたりに挟まって妙な想像をしていたなど、口が裂けても言えない。それなのにトイレが近いことまで気にしてもらって、眞田課長には申し訳ないにも程がある。

「すいません……まだ、大丈夫です」

「気にせず、言ってくださいよ？」

まったく意識していなかったのに、そう言われるとトイレが気になってくるから困る。ここからだと、階段を降りた二階のトイレの方が近いかもしれない。

　そんな心配などお構いなしに、森先生はモニターを指さして話を続けた。

「ここは、さっき回った総務課。表示は室温26度、湿度58%だからグリーンライト（就業可）、室内熱中症の心配はない」

「室内でも熱中症になるんですか？」

「熱中症は温度、湿度、そして周囲から浴びせられる熱の三大要素が揃えば、どんな場所でも起こる。たとえば電車の中で温度と湿度が上がり、周囲を体温36度の熱源である人に囲まれれば、熱中症はいつでも起こる。そこに個人的な疲れ、脱水傾向、食事不足の低血糖や睡眠不足などが加われば、簡単に『要救護者』が発生してしまうというわけだ」

　何のスイッチが入ったのか分からないけど、森先生がよくしゃべってくれた。豆知識系の話なので特に苦痛もないし、三開のみなさんも興味深そうに聞いている。モナリザ視線に無言のアルカイック・スマイルより、森先生はこちらの方が断然いいと思う。

「電車なんかの救護活動って、熱中症だったんですね」

「もちろんすべてではない。しかし、梅雨から秋にかけて——特に雨が降って湿度が高い時などは、かなり多く見られる」

「けど、リュウさん。要救護者にぶち当たる確率、異常に高いよね」

「……そうでもないと思うが？」

反対側の眞田課長も会話に交ざってきたものだから、真の意味でホットサンド状態に。

これは熱い、熱すぎる状況。かといって、ここでひとりだけ顔を引くのもおかしい。生まれて二十九年、これはあまりにも不慣れな状況だった。

「いやいや、そうでしょ。奏己さん、ドラマとかでよくある『この中にお医者様や看護師さんはおられませんか』ってアナウンスの経験ありますか？」

「ないです、ないです」

「みなさん、あります？」

ちゃんと三開の人たちにも話を振っているジェントリー眞田は、本当に空気感をコントロールするのが上手い。俗に言う「引き出しが多い」というやつだろうか。こうして気づけば森先生の真面目な話も、面白エピソードに変えてしまうのだ。

「前にリュウさんと焼津へ寿司を食いに言った時、オレ初めて新幹線で遭遇したんスよ」

「車内アナウンスですか？」

「そう。したら隣のリュウさん、普通の顔して席を立ちながら『ちょっと行ってくる』とか言うワケですよ。その時、周りの席から小声で何て言われたと思います？」

「や、想像つかないです」

「みんな『あの人、医者なの？』とか『トイレじゃない？』とか言って、ぜんぜん医者だって信じないんスよね」

「あーっと……まぁ、それは……」

三開のみなさんが、顔を伏せたまま声を殺して笑っていた。

なんとも答えにくい話を振ってくれたものだが、周囲の乗客の気持ちもよく分かる。私服がどんなテイストか知らないけれど、少なくとも白衣は羽織っていない状況。まさかこの顔と雰囲気で医者だとは、誰もすぐには信じられなかったことだろう。

「リュウさん、あれって何の患者さんだったっけ」

「あの時は、アルコール使用障害の方が食事を十分に摂らず飲酒をして新幹線に乗ったものだから低血糖で意識状態が悪くなっていたので、車内販売のワゴンからスティック・シュガーをもらって飲ませただけだ」

想像していた展開とは違う重い話が返ってきて、少し動揺した。

「あれ以外にも車内アナウンスの経験、やたらあるよね」

「それほど多くはない。東北に向かう新幹線で無熱性けいれんを起こした小学生の時と、何だかよく分からないが行ってみたらすでに脳外科と循環器の医師や看護師まで揃っていてむしろ通路で邪魔になるから何もせず戻ってきた時だけだ」

十分に多いと思う。

同時に、そんなに医療従事者が同じ列車に乗り合わせることもあるのかと驚いた。

「他にもリュウさん、車で信号待ちしてた時。目の前の横断歩道で自転車の子どもがスッ転んだから、救急車に同乗して搬送したことあるじゃん？」

「前額部の裂傷とはいえ出血が多かったし、小学校五年生で意識状態がグラスゴー・コーマ・スケールで3-4-4と微妙だったから、当たり前だろう」

もの凄くトリアージしている気がするのだけど、どのあたりが当たり前なのだろうか。

「あとは、あれ。マンションで隣の部屋の旦那さんが吐血して救急車を呼んだ時も、救急隊員に指示しながら処置してたじゃん」

「それは、当たり前の近所付き合いでは？」

近所付き合いのレベルが違いすぎる。

「駅の改札を通る時、すぐ前の人が倒れて駅舎で介助したこともあるし」

「よく覚えているな。あれは食費までギャンブルに使い込んだ男性が脱水と低血糖で倒れたので、他の疾患がないか問診を取りながら意識状態を診ていただけだ」

なんというか、人生色々としか言いようのない話になってしまった。

正直、森先生はかなりの「引き」をお持ちな気がしてならないのだけど、医師ならこれぐらいのエピソードは持っていて当たり前なのだろうか。

「ね？　奏己さん。リュウさんって、絶対に巻き込まれ高確状態だと思いません？」

おそらく、高確率で巻き込まれる状態にあるという意味だろう。素直に笑っていいものか、悩ましいところでもある。

「そんなことはいいので、話を戻すと――」

もう少し森先生の色んなエピソードを聞いていたいような気がするけど、これは仕方ない。三開の皆さんもそんなに残念そうな顔をしないで、次回に期待しましょう。

「あれ？　なんの話だっけ」

「――だから、各部署に設置したエア・コンディション・センサーの」

「あー、はいはい。このモニターでは、室内の二酸化炭素まで集中管理してるって話ね」

眞田課長には感謝しかない。正直、何の話をしていたのかすっかり忘れていたけど、間違っても聞けないと思っていたところだった。

「そうだ。総務課の二酸化炭素濃度は１０００ｐｐｍを超えているのでイエロー、つまり換気不十分だということがひと目で分かる」

生まれて二十九年間、二酸化炭素の濃度など意識したこともない。

「二酸化炭素も熱中症に関係があるんですか？」

「いや。建築物環境衛生管理基準に定められているもので、１０００ｐｐｍを超えないよう、換気扇や窓開けで管理する必要がある。特に新型ウイルスの世界的大流行以降は、家庭レベルでも感染症対策として『換気』は注目を集めるようになった。

「確かに換気という言葉は、よく聞くようになりましたね」

「室内の二酸化炭素濃度が1000ppmを超えると倦怠感、眠気、頭痛、耳鳴り、息苦しさなどを感じても不思議ではない」

「え……そんなに症状が？」

「ちなみに市販の計測機器で試してみれば分かるのだが、六畳程度の部屋に人間がふたりいると、1000ppmなどすぐに超えてしまう」

「……じゃあ、今の総務課は」

「気づかないうちに、個人の本来発揮できるスペックが落ちている可能性がある」

なるほど、それで総務課ではいまひとつ本領を発揮できなかったのだろう。どうりでやたら眠くもなるはずだ、と言いたいところだけど――そもそも人としてのスペックがそれほど高くないことは、自分が一番よく知っている。眠くなるのはいつも食後だし、おそらく二酸化炭素とは無関係だと思う。

でも、もしかすると――二酸化炭素濃度が低ければ、本当はもっとやれる人間なのかもしれない。そんな疑惑も、このモニターがあれば解き明かされるということだ。

「でもなぁ……」

「どうした、松久さん」

「あっ、なんでもないです……はい」

本当のことを知らない方が良いということも多々ある。人間、真実を知ることがすべて幸せに繋がるとは限らない。

「今後は各部署すべての端末にウィジェットなどで表示して気づいてもらえるよう、ネットワーク化を三開のみなさんにお願いしていた、という経緯だ」

「だからもう、三開の方たちと面識があったんですね」

「商品化の前に、なるべく早く社内に設置していきたいと思う。実際に二酸化炭素濃度が黄色信号の総務課では、清水さんと内田さんはあくびをしていた。朝の始業後すぐとはいえ、高野さんもだるそうにしていたのは気になる」

「え……？」

「ん？　手前のデスクにいた清水さんと、書類棚の近くにいた内田さん、それから我々とすれ違いで出て行った高野さん」

「……先生、なんでみんなの名前を？」

「この会社は全員、ＩＤカードをぶら下げていると思うが」

まさかアルカイック・スマイルにモナリザ視線でぼんやり眺めている間に、総務課全員の名前を覚えるなどということができるだろうか。

「奏己さん。リュウさん、そういうの得意なんですよ。なんか見た物を覚える脳内システムが、オレらとは違うんですって」

「超能力じゃないですか！」

「とは違うんですけど……そうだ、リュウさん。総務課でメガネをかけてた人は？」

「青柳さん、森本さん、佐伯さん、それから吉川課長だ」

「どうです？　合ってます？」

「……すごい」

信じられないことに、すべて正解だった。

するとあれはモナリザ視線などではなく、スーパーメモリー熱視線だったということだ。

「森課長！　それ、すごくないですか!?」

これには三開の方たちも驚いたようだった。

「いいなぁ。おれにも、そんな超能力があったらなぁ」

「超能力とは違うやろ。なんかこう、バーッと脳トレで鍛えた的なヤツなんちゃうん？」

「新社長が人事を通さず直々に引っぱってきたんだし、やっぱスゲー人なんじゃね？」

最後のひとことに、再びインパラ・センサーが反応した。

「え……森先生って、社長のお知り合いなんですか？」

「どうだろう。知り合いというより、数少ない友だちと言えばいいだろうか」

知り合いより深い親交だった。

「じゃあ、眞田課長も……？」

「オレ？　オレはリュウさん経由で、一緒によく飲んでただけっスよ」

飲み友だちだった。

ふたりとも、十分すぎるほど社長の知り合い。スマートな表現をするなら「ヘッドハンティング」だろうけど、俗に言う「コネ入社」とは違うのだろうか。

コネでの入社自体は珍しくもなく、それに関しては何の抵抗もない。謎部署であるクリニック課が社長の一存で新設されたことも、そこへ中途採用されたふたりが人事部すら通していない社長の一存だったということも、大きな問題とは考えていない。

問題はそこへ、社内からたったひとりだけ異動になった人物がいるということ。さらにはそのまったくの素人が、三ヶ月も職務から解放されて、医療事務の認定資格を取らせてもらったということなのだ。

それの何が問題かといって――。

「じゃあ、あれですね！　松久さんが総務課から異動になったのも、きっと何かすごい人だからなんでしょうね！」

「そうかぁ。今まで総務のよく知らない人だったけど、そうなのかもなぁ」

「あれやろ？　三ヶ月勉強しただけで、試験に一発合格したんやろ？」

「うっそ、マジで？」

——こう思われることだ。

誰のコネもなくひっそりとライトクに入社してから、目立たず打たれず無風の七年間を築いてきた。そんな自分が医療事務という特異な立場で特異な部署へ異動になったことで、森先生や眞田課長と同じように、好奇と懐疑の眼差しを向けられるのだ。

「ぜ、全然！　私、普通の人間ですから！」

「特別な方だと聞いています」

「せ、先生！」

「適材適所っスよね」

「眞田課長まで！」

あの時、どうして死ぬほど真面目に勉強してしまったのだろうか。

正直、勉強は辛くて泣いた。最後に試験と名の付く物を受けたのは入社試験の時で、勉強に至っては学生以来だ。それでも他の人にこの役割が回って逆恨みされることの方を恐れた結果、電話帳のような医科診療報酬点数表の本に大量のタックラベルを貼りながら、医療事務講座のテキストに蛍光マーカーを引き続けるはめになった。

そして得たのが居心地の悪い好奇の眼差しでは、割に合わないにもほどがある。

「では、みなさん。回診が残っていますので、またあとで」

「あれ？　どしたの、奏己さん。行きますよ？」

「は……はい」

社内で築き上げてきた平穏な生活が、崩れ始めたのは間違いない。ここから先はもう別世界であり、否応なく変化の波に飲み込まれてしまったということ。今となってはあの紗歩ですら、そばにいてくれたらと思ってしまう自分が悲しい。

すぐに近くのトイレを目指さなければならなくなったことは、言うまでもない。

こんなにトイレが近いのは、入社以来のことだった。

▽　▽　▽

午前中のほとんどを使い、ライトク東京本社にあるすべての部署を回診した。

森先生は脅威の記憶力を発揮し、各部署の空調と職員の様子をすべてチェック。目を疑うほどのスピードでスマホをフリックしながら、次々と情報を三開に伝えていた。

どうやら今日の回診には、部署の空調データと実際の様子を比較する目的も含まれていたようだ。クリニック課の顔見せ遊説以外に医学的な意味があって良かったと思う反面、それなら産業医の先生でも事足りるのではないかという思いが拭えない。

眞田課長はコミュニケーション・モンスターとして初見の場を和ませ、森先生の補助に終始していた。確かに眞田課長なしでは森先生が機能しそうにないので必要と言えば必要だけど、それだって薬剤師である必要があるのか揺らいでいるのも事実だった。

それ以前に。あの回診、毎日続けるつもりなのだろうか。

「……まだ、三時か」

元小会議室に設置された立派な受付カウンターの中にある、真新しい診療報酬請求機器のモニターとキーボード。いつものクセで作ってしまったお弁当をひとりで食べ終わってから、ここに座り続けて二時間。診察券を作ることもなく、保険証を確認することもなく、開けられることのない入り口のドアを眺め続けていた。

この調子なら、膝の上に置いた「お守りハンカチ」を握り続けなくていいかもしれない。

お守りといっても誰かの形見だとかパワースポットで買った物だとか、そういう特別な物ではない。お守りになる条件はただひとつ「タオル地のハンカチ」ということだけで、値段もブランドも関係ない。

その御利益は、安心。

逆に持っていないと、あらゆる場面で不安が増幅されてしまうのだ。

ともかくこれを握っているか、それができない時は膝の上に乗せているだけで、子どもの頃から何故か安心できた。もちろん無敵状態になれるわけではないけど、これがあるとないとでは、トイレに行く回数も大違い。さすがにバッグの中にあるだけでは効果がないけど、ポケットに入っていればそれだけで心が穏やかになっていくから不思議なものだ。

「奏己さん、空調キツいです？」

「え……いや、丁度いいですけど」

「冷えるのかな、と思って」

そう言って眞田課長から、膝の上に乗せているハンカチを指さされた。

説明がめんどくさいので、今まではだいたい「冷え性」で済ませていた。時には膝上スカートを穿いてもいないのに「スカートの中を覗かれたくないとか自意識過剰じゃない？」とまで紗歩に言われたこともあるけど、その時も「冷え性」で押し通した。

しかし薬局課とはいえ同じ部屋にいる眞田課長に対して、そこまで心の距離をとり続けるのはどうだろうか。少なくとも、これから毎日顔を合わせて働くのだ。もしもそこから話を掘り下げられたとしても、嘘のない範囲で答えていくべきではないだろうか。

「これ、子どもの頃からのクセなんです……」

「あー、なるほどね」

それで終わった。

人生、何事も気にしすぎは良くない。膝の上にハンカチを乗せようが、コースターを乗せようが、誰も気にはしないのだ。逆に、自意識過剰になっていた自分が恥ずかしい。

「おーい、タマキ。そっちじゃない、こっちこっち。あははは っ」

その証拠に、眞田課長は笑顔で窓を眺めながら大きめの独り言をつぶやいている。

おそらくあのメガネに何か仕掛けがあるのだとは思うけど、それを知らないと色んな意味で怖い人にしか見えない。口にする名前が「タマキ」「ミチヨ」と女性っぽいことが怖さを倍増させているものの、これだって気にしすぎてはいけない。少なくとも森先生が言及しないのだから、幻覚を見ているのではないと信じたい。

そんな先生は対向島型にレイアウトされたデスクのひとつに陣取り、何やらもの凄い勢いでキーボードを叩き続けていた。

「あーっと、そう――で――は――な――く――て」

入力しながら無意識にしゃべってしまう人のようだけど、ともかくリターンキーの叩きっぷりが見たことないほど凄い。この調子だと早めにキーボードの型番を調べておいた方がいいかもしれないけど、これだって大したことではないので気にしすぎてはいけない。

そんなことを延々と考えてしまうほど、ともかく暇だった。

「ふぅ……」

トイレに行きたくならなくて助かるものの、仕事中にスマホをいじるのは昔から気が引けてできない。なにより社内はセキュリティ的に有線ＬＡＮなので、最低通信料で契約しているこのスマホでは、動画を観るどころかアプリの起ち上げにも気を使ってしまう。

明日からは原点に帰って、文庫本でも持って来るべきか。

七年間も事なかれ主義で、可能な限り人との仕事を避けて来たというのに。この状況は、さすがに自分とクリニック課の存在意義を見つめ直さざるを得ない。

——この部署は、本当に必要なのだろうか。

しかし来世は名のある神社の「ご神木」に生まれ変わり、何もせずそこに立っているだけで崇め奉られ大事にされたいと願っていたぐらいなのだ。このまま座り続けるだけで給料をもらえるなら、それで一生を終えても本望ではないだろうか。

そんな世の中を舐めきった心が許されるはずもなく、入り口のドアが不意に開いた。

「はい、総務部クリニック課です！」

「あ、あの……」

スーツ姿の女性が、ドアに手をかけたままの姿勢で固まった。

いくら接遇を習ったばかりとはいえ、咄嗟に（とっさ）ハンカチを握って起立して課名を言う必要はなかっただろう。これだから慣れないことはするものではないと、つくづく思う。

「……ちょっと、相談させていただきたいことがありまして」

「少々お待ちください。ただ今、医師と代わりま——す前に、診察券はお持ち——ではないと思いますが、保険証はお持ちですか？」

お前は何を言っているんだ、とスーツ女性の顔に書いてあった。

でも、許して欲しい。

森先生も回診でテンパっていたというけど、それとは比べものにならない。こちらは元々、人間構造からして「弱」。右手にハンドバッグ、左手にペットボトルを持った状態でつまずけば、どちらの手も放せず握ったまま顔から転んでしまうレベルの人間なのだ。

笑顔にだけは自信があるので、ここは相手が何か言い出すまで待つしかない。

そんな耐える気満々でいたら、背後から森先生が救いの手を差し伸べてくれた。

「今日は、どうされましたか？　営業の川名さん」

IDカードを確認すると、確かに「第一営業部　川名」と書いてある。とはいえ後ろにいた先生の距離からこれが見えたとすると、視力はいったいどれぐらいなのだろう。無人島に漂着しても通りかかった船を最初に見つけるのは、間違いなく先生だと思う。

「えっ――どこかでお目にかかりました？」

「お昼に社食で、すれ違った時に」

全然違った。視力の問題ではなく、例の特殊能力の問題だった。

すれ違った程度で名前と顔を覚えてしまうなら、これはもうストーカーと勘違いされても仕方ない。あるいはこの能力を生かした先生が、繁華街やターミナル駅などの人混みから指名手配犯を見つけ出す「見当たり捜査」をしている姿も想像できる。

「それでは、こちらの受付で診察券を作っていただけますか」

「あの、その前に……ちょっと、お聞きしたいことが」

「では先に、奥の診察室でお話をお伺いさせていただきましょう」

クリニック課の壁に設置されたドアは、隣の元倉庫を改装した診察室と繋がっている。まさかこの小会議室の空いているデスクに座ってもらい、聴診器を当てるわけにはいかない。そもそも診療には守秘義務が付きものなので、どうしても別室レベルのパーティションかブースが必要だったのだ。

「あ、そこまでのことではないのですが……」

この川名さん、どうにも歯切れが悪い。やはり身内の元総務課社員が受付をしていては、プライベートを覗かれた気分になって話しにくいのだろうか。

保険証の保険者番号では、最初の二桁で勤務先や保険の種類も分かってしまう。03または04なら日雇、06なら大企業、33は警察職員で、81はひとり親だと推測される。さすがに年収までは分からないけど、気にする人はあまりいい気分がしないかもしれない。

どのみち、社内から医療事務を捻出したのは失敗だったのではないだろうか。

「……実は今日、ここでお薬を出してもらえないかと思いまして」

「かかりつけの病院から、長期に処方されているものですか？」

「はい。もう、何年もずっと飲んでいます」

「ではおくすり手帳を見せていただき、症状経過を簡単にお話しいただければ、特に紹介状などは不要です」

紹介状は出す側にとって、診療情報提供料（Ⅰ）250点＝2500円で収益性の高いもの。提供先と目的によってはさらに加算点数がやたら細分化されていると習ったばかりだった。確か一定の条件でお返事を書けば、診療情報提供料（Ⅲ）が算定できたはず。

とはいえ記憶が曖昧なので、今日はお持ちになっていないことを願う他ない。

「あの、それが……私の薬じゃなくて」

全然違った。紹介状があるなしのレベルではなく、川名さん以外の処方だった。

自分以外の薬を出して欲しい――そんなことが許されるとは、とても思えない。

「というと？」

「今日はかかりつけの病院に、息子の定期処方をもらいに行く日だったのですが……急に出張が入ってしまいまして」

「なるほど。残薬は、どのくらい？」

「私の不手際でお恥ずかしいのですが、もう夕食後から足りなくて……」

「今日から出張であれば、明日以降も受診は難しいですね」

「おばあちゃんも足が悪くて頼めないし……できれば、ここでもらえないかと思って」

反射的に左手の薬指を見てしまったけど、指輪らしきものはなかった。

お父さんの存在が出てこないのは、そういう理由だったのかもしれない。

「今日、息子さんご本人は？」

「すみません……学童にいます」

これは医師法第二十条【無診療治療の禁止】——つまり「診察をせずに処方してはならない」問題だ。講習でも時間を割いて取りあげられた項目なので覚えている。受付に診察券を出すと「今日はお薬だけで」と診察室に入ることもなく、待合室のソファーに座ったまま、医師と会話もせず診察を受けもせず、処方箋だけをもらって帰る、あれ。講習を受けるまで、まさか医師法で禁止されている行為だとは思ってもいなかったやつだ。

「今日はおくすり手帳、お持ちですか？」

「あ、はい。あります……これです」

ニチアサ系のシールがたくさん貼ってある手帳を差し出した川名さん。それはお子さんがお薬に興味を持てるように考えられた、努力の跡ではないだろうか。毎日お薬を飲むだけだと簡単に言うけど、大人ですら飲み忘れたり、時には飲まなくてもいいのではないかと勝手に止めてしまったりする。小学生と親御さんにとって、これは大変なことなのだ。

「なるほど……バルプロ酸ナトリウムの徐放錠だけなんですね」

「はい。一種類だけです」

「最後に血中濃度を調べたのは？」

「それは先月調べたばかりで、いつもと変わりありませんでした」

「最後に発作を起こしたのは？」

「もう、二年以上前です」

しかしこれは医師法で定められていることで、無診療の処方はできない。ずっと同じ薬を長く飲み続けている患者さんからすれば納得いかないだろうし、こちらとしても大変残念だけど諦めていただくしかない。

「出しましょう」

全然違った。残念どころか、即答で出せるレベルらしい。

「ありがとうございます！　助かります！」

「二週間分でいいですか？」

「いえいえ！　出張から戻ればすぐ受診できますから、四日分でも！」

川名さんは、ほっと胸をなで下ろしていた。今までも何度か同じようなことがあって、他の病院では断られてきたのかもしれない。

とはいえ、なんとも釈然としないモヤモヤ感は残る。

「松久さん。この子のカルテを作ってもらえるだろうか」

「え……あ、はい」

「……ん？　何か？」

「少々、お待ちください」

何だかよく分からないうちに不慣れな電子カルテ作りを始めたけど、だいたい人生はこういうものだ。この世界では医師からの指示は絶対なのだし、ましてやこちらは医療事務の新人。ここは【無診療治療の禁止】など知らなかったことにするのが、インパラ系社会人としてはベストの対応。きっと知らないだけで、特例か何かがあるに違いない。

「リュウさん、リュウさん」

「どうした、ショーマまで。何か問題でも？」

「奏己さんは真面目だから、医師法第二十条を気にしてんの」

眞田課長の気使いはありがたいけど、その手のヘルプはもう不要だ。なにせ今は課せられた最初の業務を、ミスすることなく全うするので精一杯。膝上に乗せたハンカチの効果も虚しく、モニター上のどこに何の数字を入力すればいいかを探すレベルで不慣れな作業をしているのだから。

「なるほど。さすがだな」

モニターを凝視してミスをしないよう全身全霊を込めて入力しているのに、また距離感を間違った森先生の顔がすぐ隣に並んだ。

「いっ――」

「説明不足で申し訳なかった」

男性から内緒話を耳元で囁かれるシチュエーションなど、現実にはあり得ないと思っていた。少なくとも、今は勘弁して欲しい。

「――や、私は別に」

「小児科領域のバルプロ酸といえば『てんかん症候群』で使われていることが多い。しかも徐放剤になっているということは内服量の調整が済んでいる可能性が高く、お母さんの言われる通り内服歴が長いということの裏付けにもなる。さらに血中濃度も維持されているのであれば、指示遵守（コンプライアンス）も治療意欲（アドヒアランス）も良好な患者さんだと判断するのが妥当だ」

「は、はい……」

耳元へ微妙に吐息がかかり続けて、話が少しも頭に入って来ない。

「この場合、ここで処方が途切れることのデメリットを考えなければならない。もし何年もコントロール良好だったてんかん症状が再燃でもすれば、今までがんばって寛解（かんかい）を維持してきたというのに、内服治療期間をさらに数年も延長しなければならなくなってしまう。その危険性を考慮した結果、俺はこの子に不診療で処方を出そうと思った」

「そう、だったんですか」

「俺の判断は間違っているだろうか。できれば、松久さんの意見を聞かせて欲しい」

どう答えればいいか分からないけど、今は取りあえず離れて欲しい。

「あの……すごく、いいと思います」

「リュウさん、奏己さんの邪魔」

はっ、と目を見開いた森先生。

この距離が続けば色々と危険な妄想に走るところだったので、眞田課長に感謝したい。

「何度も、大変申し訳ない」

「ごめんね。リュウさん、悪い人じゃないんだけどさ」

記憶が正しければ、このくだりも今日だけで二度目のはず。眞田課長のフォローなしだと森先生の日常生活は本当に大変なことになりそうだけど、果たして今までどうやって仕事をしてきたのだろうか。

「では松久さん、これで」

いつの間にかデスクに戻って行った森先生が、カルテも処方もレセプト病名も入力完了。ついでにプリントアウトまでしてくれたので、カウンター越しに自費負担の半額を受け取ってお釣りと診療明細を渡すだけになってしまった。

「奏己さん、処方箋もらっていくよー」

「あ、眞田課長！」

「えーっ。何か、思ったより恥ずかしいっスね」

「……何が、ですか？」

「奏己さんに課長って呼ばれるの」

「それより。薬局窓口のレジに、お釣りの準備ありますか？」

「大丈夫。小銭、めっちゃ用意してますから」

「あ、ならいいんですけど」

薬局課の取り扱う医薬品を、まさかここにある書類棚で保管する訳にはいかない。

しかし処方箋を取り扱っているドラッグストアの薬局スペースを冷静に見てみると、それほど大きくない一角で済むことに気づく。だから薬局課の薬剤は、入退出と温度と湿度が十分に管理できるセキュリティ・レベル4の元サーバールームを「薬局窓口」という名の「薬剤保管庫」に改装してもらって管理しているのだった。

「それより、奏己さん。やっぱオレのことは『課長』じゃなくていいですか？」

「……はい？」

「たとえば、眞田さんとか？　なんかそういう、線引き感の薄いヤツがいいなぁ」

「分かりました……」

「じゃ、次からそれでお願いしますねー」

眞田課長はプリントアウトされた処方箋に森先生のハンコを押し、ようやく川名さんを薬局窓口へと連れて行ってくれた。

「はぁ……」

やったことといえば、必死にカルテを作っただけ。それなのに、どっと疲れてしまった。

しかも気づけば無意識のうちに、タオル地のハンカチまで握りしめている。

「松久さん。受付業務や診療報酬明細書（レセプト）で、何か分からないことでも？」

「や、大丈夫です。ほとんどのことは、先生にやってもらったので」

「しかし今のはおそらく、ため息で間違いないかと」

「ほんと、何でもないんです。ホッとしたっていうか」

「ショーマには、俺から言っておくが」

「あ、それはないです。眞田さんには、逆に気を使ってもらってますし」

「そう？　では、何が？」

やはり、モナリザ視線は見ていないようでよく見ている。手に握ったハンカチに、一瞬だけとはいえ視線をはっきりと向けたのだった。

ここはもちろん「何でもないです」で通すのが無難だ。何度聞かれても「いえいえ、本当に何でもないんですよ」と繰り返せば、だいたいの人間はそれ以上聞いてこない。相手の上げたハードルを不必要に乗り越えることは、めんどくさいことだと誰もが知っている。

「いえいえ、本当に何でもないんですよ」

きゅいっと目の前にイスを引いてきた森先生が、膝の触れあう距離で真正面に座った。

「俺は、理由のないため息を知らない」

この先生、まったく引く気がない。

「……あーっと、なんて言うか」

「言葉を選ばなくても大丈夫なので」

いくらハンカチを握ってみても、膀胱刺激は収まらない。

できればこの場を逃げ出して、トイレの個室に駆け込みたい。

しかし平穏無事にやり過ごすベストアンサーが見つからない以上、限りなくマイルドな表現で今の気持ちを少しだけ伝えるしかない。それが、この場を収める最善策だろう。

「やっぱり私、向いてないな……と、思いまして」

「何に対して？」

「その……医療事務的に、どうなのかなと」

正直なところ、元の総務課に戻りたい。キャリア・アップも人生のステップ・アップも望んでいないので、沈黙の安泰が続く空気のような存在に戻りたい。

「そうか。思ったことを話してくれて、ありがとう」

「すいません……急に、こんなこと」

「俺もうまく言えないことがあるのだが、できれば松久さんに聞いて欲しい」

「私にですか？」

「そう」

「な、なんでしょう」

「初めて会った時から、ずっと思っていたのだが――」

膝の触れあう距離でこのまっすぐな瞳は、完全に反則(ファール)だと思う。勢い手でも握られて

「カネがいるんだ」と言われたら、迷わずATMに行くだろう。

「――松久さん、と呼びづらい」

「……はい？」

ちょっと何言ってるか分からない、と声に出せたらどれだけ楽だろう。一番近い意訳だと、眞田さんのように「奏己さんと呼びたい」ということだろうか。

「音読すると『まつひささん』と『さ』が連続してしまうので」

すぐには理解できなかったけど、ジワジワその意味が分かってきた。

「あ、あぁ……言われてみれば……」

確かにそういう意味では「俺もうまく言えないことがある」という表現で間違っていないので、先生を責めるわけにもいかないけど。まさか「ささん」の音読に引っかかっていたと予想できる人など――眞田さんを除いて、誰もいないだろう。

「マツさん、と呼ばせてもらうのはどうだろうか」

「あ。先生が良ければ、それで」

「いや。俺ではなく、まつひささんがそれで良くないと意味がないのだが」

そう言われて改めて聞いてみると、わりと言いづらそうに発音しているのが分かった。

「私は、それで全然ＯＫです」

「そうか、それは良かった……では、今後はマツさんで」

そんなに思い詰めていたのかというぐらい、大きな吐息と共に先生の肩が下がった。

こんなに整った顔をしていても、今までわりと生きづらかったのではないかと思う。逆に整った顔だからこそ、勝手に人間としてのハードルを上げられるのかもしれない。

ただ先生、もっと大切な話が途中でぶつ切りになっているのを忘れていないだろうか。勇気を持って告白した、あの「やっぱり私、向いてないな……と、思いまして」のくだりは、どこか時空の狭間に消えていないだろうか。

そんなことを考えていると、今この場に一番必要な人物が帰って来た。

「あれ？　なにやってんの、膝を突き合わして」

「今ちょうど、マツさんと大切な話をしていたところだ」

「マツさん……？　っていうか、何の話してたのよ」

「医療事務はマツさんにしかできない仕事ではないが、ぜひマツさんにやって欲しい仕事だ、という話をしていたところだ」

ちょっと何を言っているか分からなかった。

しばらくすると「私、向いてないな」に対する先生のアンサーではないかと、なんとなく思えてきた。でも今度は、それが褒められているのか貶されているのか分からない。

そんな声にならない苦悩を察知してくれたのは、やはりコミュニケーション・モンスターの眞田さんだった。

「リュウさん。たぶんそれ、奏己さんにまだ言ってないことじゃない？」

「ショーマ。俺といえども、さすがにそれは……ん？」

やれやれと、眞田さんは大きくため息をついた。

「ごめんね、奏己さん。リュウさん、悪い人じゃないんだけどさ。時々、まだ頭で考えてるだけのことを、もう言ったつもりになっちゃうんだよね」

「え……」

「大変申し訳ない」

なんとも、想像以上に生きづらい人生を送ってきたのではないだろうか。

とりあえず、社会の潤滑油は笑顔だ。森先生の言った意味は、あとで考えればいい。おそらく、家に帰ってご飯を食べる頃には忘れていると思うのだけど。

「ちなみにあれって、奏己さんのことを褒めてるつもりだからね」

「……そうなんですか？」

どのあたりが褒められているのか、いまひとつ釈然としないものの。

否応なく、周囲の激しい変化の波に巻き込まれているのだけは確かなようだった。

【第二話】大人のトイレ事情

毎朝の社内回診は、だいたい三十分ですべての部署を回ることができるようになった。

残念ながらこれは慣れたのではなく、回診中に健康相談をされることがないということ。

クリニック課へ戻って来ても、手持ち無沙汰で暇を持てあます日々が続いていた。

「リュウさーん。もらった柳のリース、昨日で全部なくなりましたー」

「ずいぶん早いな」

「だって、一日もたたねーんだもん」

対向島型に設置された森先生と眞田さんのデスクは、受付の背後。当たり前だけどふり返らなければ、声しか聞こえない。かといって話に交ざろうとイスを回せば入り口に背を向けることになり、クリニック課を訪れる患者さんに対して失礼だ。

「わかった。今日にでも、また作っておく」

「マジで？　助かるわー、あっという間だからさー」

そもそも誰とでもすぐに仲良くなれるほど器用で社交的な人間ではないので、無理に溶け込む努力をする必要はないだろう。そうやってがんばった時に限って、なぜか失敗することが多いのも経験上よくあることだ。

「そうか、あっという間か……そうか」

「特にコルクなんて秒だよ、秒」

「ずいぶん気に入ってもらえたようだな。今度は、数珠(じゅず)状にぶら下げてみよう」

しかしだからといって、気にならないと言えば嘘になる。森先生が眞田さんに作って欲しいと頼まれて、ちょっと嬉しそうな声になっているのだけは分かるものの、柳とコルクの関係がまったく分からない。

そこで、頼まれて嬉しい物とは何だろうかと考えてみた。

リースでまず思いついたのは「貸し出し」の意味。でも柳をリースしておいて全部なくなりましたでは意味不明すぎるし、柳をリースしている先生は何者だという話になる。

残るリースといえばクリスマス・リースなどの、植物や花を編んで輪にしたもの。これならよく聞く「趣味で物を作って手渡す喜び」という内容と結びつき、会話の意味も理解できる。先生の趣味が手芸というのは意外だけど、あの長い指をしならせて器用に手芸をしている姿は、誰もが一度は見てみたい光景だと思う。

しかし柳を編むなら、カゴやバスケットの方が圧倒的に有名。ただの柳リースでは、ずいぶん味気ない気がする。そもそも、なぜ眞田さんはそんなにリースをなくすのかという謎も残る。もっと言えばリースの装飾が数珠状にぶら下げられたコルクというのは、呪術か何かですかと聞きたくなるレベルの不思議さがある。しかもそれすら、あっという間になくなるのだ。これを背後から聞かされて、いろいろ考えるなという方が無理な話だろう。

「特にミチヨがさー、まじでソッコー飛びつくからね」

そこへ謎の女性、ミチヨさん登場。

女性が目の色を変えて飛びつくような魅力的な柳リースとは、いったいどんな物だろうか。実はただ輪っかに編んだだけではなく、家紋のようなもの凄く緻密な物が織り込まれているのかもしれない。あるいは先生が編むことでパワーストーンならぬ、パワーリースとして御利益が発生するのかもしれない。そんな物――わりと売れるに決まっている。

「やはり、ミチヨからか」

しかもミチヨさんは先生も知っている女性らしく、想像は広がっていくばかり。

「なんか、順番があるんだよね。いっつも、タマキは最後だもん」

「そうか。可哀想なので、タマキにはラタンで何か作ってやろう」

挙げ句に第二の女性、タマキさんまで登場。

先生と眞田さんと謎の美女軍団。与え、与えられる歪(いびつ)な四角関係――ちょっと何を言っているのか分からなくなったので、そろそろ考えるのを止めた方がいいだろう。

そんなことを楽しく妄想していると、珍しく入り口のドアが開いた。

「こんにちは」

「はい、総務部クリニック課です！」

何度も脳内でシミュレーションしたのに、また起立してしまった。お笑いのコントでもあるまいし、もう少し落ち着いて患者さんを出迎えられないものだろうか。

「受診したいんですけど、今いいですか？」

そこに立っていたのは、就活の学生さんかと見間違うほどフレッシュ感がほとばしっているスーツ姿の男性。お祈りメールや圧迫面接に疲弊していない分、もしかすると就活さんよりも爽やかな笑顔かもしれない。

「当院――ではなく、クリニック課は初めてですね」

「はい」

背を伸ばして手を前に組んでいるので、さらに印象は良くなっていく。この勢いで「お宅のネット回線、遅くないですか？　ちょっと壁のコネクター部分を確認させてください」と言われたら、危険な上がり込み営業ですら受け入れそうで怖い。

「では、問診票にご記入をお願いします。それから、社員証のＩＤカードをこちらにタッチしてください」

「社員カードを？」

クリップボードに問診表を挟んで渡し、保険証を受け取るまでは他のクリニックと同じ。

違うのは、受付に設置してある非接触型カードリーダーに社員ＩＤをかざしてもらうこと。これで住所、氏名、所属部署などの事務的な必要最低限の項目は、自動的にカルテに読み込まれる。つまり患者さんも医療事務も、初診時の面倒な記入をしなくて済むということ。ちなみに保険証がライトクの社保であれば、再診時には毎月の確認すら不要だ。

「ずいぶん便利ですね。確かに病院を最初に受診した時とか、初めての薬局で薬をもらう時とか、いちいち書くのは面倒ですもんね」

「これで今日から、そのＩＤカードが診察券にもなります」

「あ、なるほど」

「なるべく気軽に受診していただくためのシステムだそうです」

「前から気になっていたんですけど……忙しくて、なかなか受診するタイミングが」

マンガなら頭上に「てへ」っと、丸い文字で書き込まれることだろう。

営業企画部の生田晃平さん、二十四歳。五歳も年下か——と無意識に計算してしまう自分に、今ちょっと震えている。

営業系の方たちが放つハードルを低くみせるフレンドリーな雰囲気と、条件反射的なこの笑顔。そこへ入社二年目という生物学的なフレッシュさが加わり、眩しさも倍増だ。

すぐにこの素質は野戦エリートの集う営業部に知れ渡ってしまい、上官命令で異動になるかもしれない。そうなれば飛び込み営業先で、妙齢の受付女性たちを間違いなく浮つかせることになるだろう。そしてこの社内バレンタイン条例撤廃の御時世にもかかわらず、紙袋いっぱいに詰め込まれたチョコレートを前にして「大丈夫です。カノジョが甘い物好きですから」と、ナチュラルに女心をへし折りにくる光景までがセットで見える。

だが、それでいい――。

「これでいいですか?」

「えっ!? あ、はい! ありがとうございます!」

この受付業務、来る患者さんすべてに妄想が滾(たぎ)って仕事にならない危険性がある。

今は提出してもらった問診表をスキャナーでカルテ画面に読み込み、少なくとも文字の擦(かす)れや上下裏表が逆になっていないかだけは確認しておかなければならないというのに。

「なんかぼく、昔からすぐお腹(なか)が痛くなるんですよね」

そしてその作業中に話しかけられると、必ずというほど手が止まってしまう。

周囲の人には、あまり理解されないこの問題。相手の方には大変申し訳ないのだけど、区切りの良いところで作業が終わるまで、聞こえていないふりをさせてもらうことにしている。今ならスキャナーに問診票を読み込ませて「OK」ボタンをクリックするところまでが必須作業。上下左右の確認は、振られたこの話に応えてからにするしかない。そうでないと会話も頭に入らず、いつも生返事で相手の気分を害してしまうのだ。

「……そうなんですか。大変ですね」

しかし残念ながら、どのみち何の話をされたのか分からないことがほとんどだった。
作業中に話しかけられるとうまく答えられない人が世の中に何%ぐらい存在するのか、いつか必ず厚生労働省が調べてくれると信じている。そしてそれは、決して少なくない数だとも信じている。

「小さい頃はそうでもなかったらしいんですけど、中学生になったぐらいから――」

問診表に書いてもらった内容は、できれば診察室で森先生に直接話してもらえるとありがたい。そう思いながらも自分が町の病院やクリニックを受診した時をふり返ってみると、患者が最初にあれこれ話す相手は、だいたい受付事務さんだったことを思い出す。

「へぇ、そうなんですね」

あの忙しい病院業務の中。どうやって受付さんたちは、あれほど上手く患者さんの会話を拾い、適切に切り上げていたのか。今なら、それが凄い技なのだと理解できる。

「ぼくの場合、牛乳を飲んでも、ヨーグルトを食べてもダメで。逆に酷くなるんです」

もちろん業務に追われて話を聞いていなかったり、決められた内容だけを早口で機械的に答えたりする病医院も沢山あった。しかしそういう時には患者さんの機嫌が急に悪くなって、待合室で怒鳴り荒ぶるクレーマーに豹変(ひょうへん)する場面を何度も見かけたものだ。

つまり受付は、そのクリニックの顔であり第一印象。ここは得意の無作為笑顔を浮かべながら最適な言葉を選び、当たり障りのない接遇をするスキルが必要なのだ。

「そうですか。牛乳とヨーグルトですか」

精一杯ぐるぐる考えて、出てきた言葉がこれ。ただ単に復唱しただけだ。幸い相手の目を見て話すことに抵抗はないので、なんとかそれで印象の暴落は食い止められているかもしれないけど、今度は困ったことにこちらがトイレに行きたくなってしまう。

これからもこんな調子が続くのかと思うと、受付事務としてやっていく気力がどんどん奪われていくのをひしひしと感じる。

「土曜とか、仕事の合間に何回か病院を受診してみたんですけど……色んな検査をしてもらっても、原因がハッキリしないんですよね」

生田さんがクリニック課へ来てから、まだ五分。しかし体感的には、すでに三十分以上は話をしているような感覚に陥っている。

「そうなんですか……」

どうにも耐えきれなくなり、お守りハンカチをこっそり取り出して握った。

もちろんこれで、なにか気の利いた会話が浮かんでくることを期待しているわけではない。できれば膀胱を刺激し始めた危険な兆候を、なるべく遅らせたいだけだった。

「ちょっと仕事にも支障が出るようになってしまって、さすがにどうなのかなって。セカンドオピニオンってやつですかね？　何か分かればいいな、と思いまして」

セカンドオピニオンという、いかにも病院らしい単語が引き金だったのだろう。ついに脳内で、不安のドミノ倒しが始まってしまった。

ライトク本社の三階という見慣れた景色が今まで現実をぼかしてくれていたけど、これは紛れもなくリアルな病院受付業務――そんな当たり前の事実が、最初にぱたりと倒れた。するとと次は病院の顔である受付として違和感なく、恥ずかしくなく振る舞えているだろうかという不安のドミノが、それに押されて倒れてしまう。

あとはもう、止めることはできない。

作業や手技が不慣れで稚拙。そもそも医療事務としての心構えはできているのか。生田さんは他のちゃんとした病院で原因が分からず、この社内クリニック課を受診してきたのだ。それに対して「ウチは福利厚生でオマケのようなクリニック課ですから」と、自らの部署と自分の仕事を卑下するような自虐的な気持ちになっていないだろうか。

そんな灰色のドミノが、脳内で次々と倒れて止まらなくなってしまった。

「そ、そうですね……」

さっきまで二十四歳のフレッシュな生田さんを見て妄想を滾らせていたことが嘘のように、気づけばタオル地のハンカチを握りしめている。もちろんそれで膀胱の刺激が収まるわけでもなく、質の悪いことに次の作業や案内手順まで真っ白に飛んでしまった。

いわゆる、フリーズ。

突然すぎて、周囲からは何が原因で固まっているのか理解されることは少ない。

昔からこの状態になっても、なぜか笑顔だけは消えないのが救いだった。防御的（ディフェンシブ）愛想笑い（スマイル）とでも言えばいいだろうか。もしかするとインパラ・センサーに次ぐ、厳しいサバンナ社会でのサバイバル・スキルかもしれない。それだけに相手から、固まっているどころか逆に落ち着いていると思われることすらある。

しかし経験上、こうなると何もかもがお手上げだった。

「生田さんですね？　クリニック課の森です」

それを救ってくれたのは、いつの間にか隣に立っていた先生だった。電子カルテ上のステータスがいつまでも「診察待ち」に移行しないので、見かねたのかもしれない。

「あ、はじめまして森先生。営業企画部の生田です」

「課長と呼んでもらって問題ありません」

「……え？」

「どうぞ、こちらへ」

するりと流れるように受付カウンターを出た先生は、隣の診察室に続く壁のドアを開けて生田さんを連れて行ってくれた。

「ふぅ……」

思わず、ため息と共に脱力してしまった。

しかし、イスに座ったのもつかの間。今度はこのあと、処置や検査の指示が出るかどうかが気になって仕方ない。もちろんモニターの前に張り付く必要はないのだけど、初心者なので事の流れが把握できなくてともかく不安なのだ。

院内検査なのか院外検査なのか――院外の場合なら、検査会社に電話して午後の集配に来てもらわなければならない。今のところ検査がゼロなので毎日集配に立ち寄ってもらうのはさすがに申し訳なく、検査検体が出たらこちらから連絡することにしている。

それから診療報酬明細と、患者社員の自己負担額50％を会社に請求する手順はどうだったろうか。特に会社への請求は講座では習わなかったライトク独自のルールなので、経理部の担当者とやり取りを確認したばかり。もの凄く面倒そうな顔をされたことだけは覚えているけど、詳細はメモを見直さないと思い出せる気がしない。

しかし、そのメモをどこに置いたのかが思い出せない。

はたから見た光景としては、ひとりの患者さんがやって来て、簡単な入力とムダ話をしただけ。それなのにもう、脳内の処理回路はかなり疲弊しているのが現実。これはどう考えても、生き物として「弱（じゃく）」としか言いようがない。

そしてなにより、トイレに行きたかった。

とはいえ今は、他の病院では原因の分からなかった症状に対するセカンドオピニオンの真っ最中。とても三分で診察が終わるとは思えない。何とかこのお守りハンカチが絶大な効果を発揮して、膀胱刺激を和らげてくれることを願うしかない。

「奏己さーん」

「はい⁉」

その不意打ちは下腹部にとって、非常に危険な刺激だった。

さっきまで窓を眺めながら、相変わらず謎の笑みを浮かべて大きなひとりごとをつぶやいていた眞田さんが、いきなり肩越しに顔を覗かせたのだ。

「もしかして奏己さん、めちゃくちゃ考える人じゃないスか？」

「……何をです？」

「なんかスゲー、色々と。ここで」

そう言って眞田さんは、自分のこめかみを人差し指でグリグリした。

脳内に発生した不安のドミノ倒しに、おそらく気づいていたのだ。

「いや、考えるというより……止まるというか」

「真面目なんスね」

「いえ、要領が悪いんです」

「でも真面目なことと要領が悪いことって、同時に存在してもいいヤツでしょ？」

「同時に……？」

「真面目だけど要領が悪い。つまりプラマイ・ゼロ。人間、それで良くないですか？」

考えたこともなかったので、なんと答えていいか分からなかった。

そういう所こそ、要領が悪いのだと思う。

「ちょっとオレ、触ってもみてもいいスか？」

「え、何をです？」

「あ、セクハラ的なお触りじゃないスよ？」

くりっとメガネの奥で目を大きくして、眞田さんは不意に白い歯を見せた。

「それは、まぁ……ははっ」

ここで愛想笑いしか返せない人間とは大違いだ。

「レセコンですよ。それをカチャカチャッて触れたら、なんかカッコいいじゃないスか」

「眞田さん、使えるんですか？」

「すっげー昔に、ちょっとだけリュウさんの手伝いをしてたことがあるんスよ。その時の勘を取り戻したいなーと思って」

「……今、です？」

肩越しに覗き込んでまで何を言いたいのか、さっぱり分からなかった。

「奏己さんが手を放せない時とか、ちょっと席を外さなきゃなんない時とか？　ヒマなオレも、役に立てるんじゃないかなと」

「はぁ……」

「つまり、何て言うのかなぁ――」

首をかしげた眞田さんは、体裁悪そうに髪をかき上げた。

「――ほら。奏己さんがトイレに行きたい時の、留守番交代とか？」

一気に耳たぶまで、まっ赤に熱くなっていくのが分かる。

当然この切迫した頻尿危機も、眞田さんの次世代型センサーは感知していたのだ。

「いやいや、あれです……その、これは」

恥ずかしさと気を使われた申し訳なさが、下腹部の筋肉を一瞬だけ弛めてしまった。状況としては限界突破寸前で、個室へ駆け込む振動すら危険なレベルに達している。

「やっぱ、当たってましたか。なんか、そうじゃないかなと思って」

「すいません、実は……あの、これは」

「気にせず行ってきてください。レセコン、ちょっと触らせてもらいますね。もし患者さんの診察が終わったら、リュウさんに聞いてやっときますよ」

「すいません、すいません――」

「そういうのをガマンする意味って、なくないですか？」

「――ほんと、すいませんけど、ちょっとすいません」

おかしな日本語を訂正する余裕も、今はない。

人としての尊厳を失う、ギリギリのせめぎ合いの中。慌てることなく慌てながら、ありったけの意識を下腹部に集中させて個室へと急いだ。

今の気持ちを共感できる人は、世界中に何人ぐらい存在するだろうか。

「えっ、待って待って!?」

廊下の角で、トイレに女性が入って行くのが見えた。

もしも今、個室が満室なら——それだけは考えないようにした。

▽▽▽

最近毎日、午後一時半が待ち遠しい。

内装からレイアウトまで一新された社食の前で、今日も財布を持ってウロウロしている。

「あ、今日の定番は『キャベツと豚バラのにんにく醤油炒め』なんだ。けど、にんにく醤油かぁ……」

これまで七年間、冷凍食品(れいしょく)と残り物の簡単弁当を持参することでランチ・コミュニティーや女子コミュニティーの煩わしさから逃げていた。

マウンテイング女子たちが静かな冷戦を繰り広げるピラミッド型階層(ヒエラルキー)の底辺で食べるご飯は味がしないし、リラックスも気分転換もできたものではない。挙げ句の果てには自販機ですら好きな飲み物が選べず、誰かと同じ物を頼まなければならなくなる始末。できるなら年中「あったか〜い」が飲みたい者にとって、これは拷問でしかない。

だから社食を利用するのは年に数回、ごく希に課長や主任と同時に仕事を終えてしまった時だけ。もちろん何を食べたのか、美味しかったのかすら覚えていない。

それがどうだ。今ではいそいそと社食に出かけ、入り口でソワソワしているのだ。

「……うーん、ならカロリー調整の『茄子とほうれん草の鶏そぼろ和え』かなぁ」

きっかけは、受診する患者さんのピークを昼食前後の時間帯に想定したこと。つまりクリニック課の昼休憩は周囲の部署と完全にズレるため、ほとんど誰とも会わず、好きなように好きな物を、慌てずゆっくり食べることができるようになったのだ。

もちろん、理由はそれだけではない。

「働き盛りの『和風麻婆とんかつ丼』は論外として……あ、スープコーナーの『ロールキャベツポトフ』は残って……ないか。女子に人気だからなぁ」

三代目新社長は、社食にも大胆なテコ入れを行った。

呈示されたコンセプトは【空腹をゼロに】という昭和の香りが漂うものだったけど、フタを開けてみればその中身は想像を遥かに超えた物になっていた。

安い、美味い、は当たり前。トレーを滑らせながら並んだ料理を取っていく方式は普通だったけど、斬新なのはおかずが複数の「レーン」に分けてあることだ。たくさん食べたい人、少しだけ美味しい物を食べたい人、カロリーが気になる人、食べたくても食べてはいけない人、急いで食べなければならない人——社食にも人それぞれのスタイルがあっていいと、就任式で新社長が声高に訴えていたのを覚えている。

「やっぱり『カロリー調整』の『ごはん少なめ』にしようっと」

この力業を可能にしたのが、新型ウイルス感染症による長期自粛で錦糸町の居酒屋を畳まなくてはならなくなった大将と、威勢のいいその仲間たち。そして同じく町の中核病院での激務で心と体がバランスを失ってしまったという管理栄養士さんだった。

「すいません、大将。カロリー調整でお願いします」

「らっしゃい。今日は400kcalだけど、食べられない物は？」

「ぜんぶ大丈夫です」

にっと白い歯を覗かせた、小柄でチョビ髭に作務衣を着た元居酒屋の大将。威勢もいいし口調も夜のままで、とても社食のスタッフには見えない。何のプライドなのか治外法権なのかIDもぶら下げていないので、みんな名前も知らずに「大将」と呼んでいる。

「ライス、計らなくていいの？」

まずは好きな大きさのお茶碗かどんぶりを取って、ごはんを好きなだけよそう。しかもカロリーを気にする人は、ごはんの量を計ることもできるのだ。

「あ、そこまで厳しくしてないので」

もしここから男性社員に大人気の「働き盛りレーン」を進んで行くなら、どんぶりを選ぶべきだろう。今日ならサクサクでジューシーな揚げたてとんかつがドーンとごはんに乗せられ、ピリ辛挽き肉の和風麻婆豆腐がバーンとかけられるらしい。これで300円なのだから、だいたいの若手男子はこのレーンに並ぶことがほとんどだった。

「はいよ、今日のカロリー調整。漬け物は？」

「ひとつまみだけください」

しかし社員は、みんな若くて食べ盛りの男性ばかりではない。健康診断で血糖値とコレステロール値と尿酸値のトリプル・アタックを食らっている四十代はザラにいるし、女性社員にあのメニューは辛い。そこで色々と気になる人向けの「カロリー調整」があったり、迷ってしまう人のために平均的な推定エネルギー必要量に調整してある「定番」があったりするのだ。申請さえしておけば塩分やカリウムの制限をされている人や、食物アレルギーのある人の食事にも対応してくれるのだから、管理栄養士さんには感謝しかない。

「あーっ、そうそう。明日は、キーマカレー・パスタの取り放題をやるんで」

「そうなんですか!?」

それでもライトク社員の多くが楽しみにしているのは、突発的に大量仕入れをしてくる大将の「きまぐれ取り放題ロード」の日だろう。この前はホテルのビュッフェで見かけるような銀色のウォーマーに三種類の別味ラザニアが大量に乗せられ、サラダとスープバーが付いても300円で取り放題だった。

「安い挽き肉を、大量に入れられそうなんスよ」

「やった。私、あれ大好きなんですよね」

「そう？」

ちょっと嬉しそうな目になった大将のキーマカレーは、メニューの中でも大人気だ。

豚の挽き肉に混ぜるスパイスはカルダモン、クローブ、クミン、イエローマスタードにカレー粉と、あえて控えめにしているらしい。午後の仕事も考えて、ガーリックも少なめなのだという。そこへ丁寧にすり潰されたオニオンとトマトとカシューナッツのペースト、さらにはヨーグルトを加えることで、荒い肉々しさと露骨なスパイス刺激を抑えた滑らかな口当たりに仕上げているという逸品。

それが明日は、取り放題になるのだ。

茹で上がったパスタが湯気を上げながら大きな銀色のウォーマーで次々とオリーブオイルにからめられ、キーマカレーのスパイシーな香りと混ざり合う光景が目に浮かぶ。

明日ぐらいカロリーのことを忘れても、罰は当たらないだろうか。

「炭水化物がアレなら、パスタの代わりに葉っぱと野菜スティックを用意しとくから」

「ホントですか⁉」

思わず声が出てしまうほど、あのマイルドなキーマカレーは野菜にも合う。それなのに絶対ごはんでは食べさせてくれないあたりが、いかにも大将らしい。

居酒屋をやっている間に、一度はお店へ飲みに行ってみたかったものだ。

「……でもなぁ。この時間まで、残ってないんじゃないですかね」

「大丈夫、大丈夫。取っとくから、森さんと眞田さんにも言っといてよ」

それだけで、ぱっと目の前が明るくなった。

明日の社食が楽しみになる会社など、滅多にあるものではないだろう。

「あれ？　松久さんじゃないですか」

レーンの最後で具がほとんどなくなってキャベツの葉っぱだけになっていた『ロールキャベツポトフ』を受け取った時、背後から聞き覚えのある声がした。

「生田……さん？」

ふり返るとそこには、フィット感のある濃紺スーツ男子の姿があった。トレーに『キャベツと豚バラのにんにく醬油炒め』と小ライスを乗せた営業企画部の生田さんが、やたら爽やかな笑顔を浮かべている。

「やっぱりそうだ。クリニック課って、お昼の時間をズラしてるんですか？」

「そうなんですよ。ただ今日もまた、誰にも来てもらえなかったんですけどね」

「えーっ。それ、もったいないなぁ。森課長の説明、今までの病院で聞いたどの説明よりも分かりやすいのに」

この流れ、どう考えても「同席ランチ」をせざるを得ないだろう。

さっきまで爆上がりしていた社食テンションが、スーッと冷めていくのがわかる。

各階のトイレを渡り歩いているからこそ知っているのだけど、生田さんは二階の女子トイレ洗面台に集まって歯を磨く方々の間では、ちょっとしたアイドル扱いの有名人だ。営業部で数年ほど外回りを経験して顧客ニーズの傾向を把握し、それから企画系に異動となるライトクの通常コースとは違い、最初から営業企画部に配属された期待のきらめく（スパークリング）新人（ルーキー）。しかも爽やかさと程よい甘さが絶妙にブレンドされた雰囲気を纏（まと）う、生まれながらの（ナチュラル・ボーン）妙齢キラー。眞田さんから醸し出される隠しきれない夜の耽美系オーラを濾過（ろか）して精製した結晶、と言っても決して大袈裟ではない。

いや、それは少し大袈裟かもしれない。

ともかくそんな人目を惹く爽やか青年と、まるで申し合わせたようにピークを過ぎた社食で一緒にお昼など食べていようものなら、明日の歯磨きタイムで何を言われることか。

「窓際の席でいいですか？」

「え……あ、どこでも……はい」

当たり前のように同席する流れになってしまうから、普通の人は恐ろしい。

なるべく目立たない角の窓際席で向かい合ってトレーを降ろしたまではいいものの、こうなると食べ始めるタイミングが分からない。誰が先に箸を付けるかなど、ランチで気にする者はいない——と、自信を持って断言できないのだ。

しかし真の問題は、すでにトイレに行きたくなってしまったことかもしれなかった。

「ぼく、新しくなった社食は今日が初めてなんですよ」

「そうなんですか。ウッディな内装で、いい感じになりましたよね」

「前の社食も、あんまり記憶にないんです。利用するのも、これで三回目ぐらいですし」

二年で三回と、七年で四、五回——逆に、生田さんの方が多いかもしれない。

「営業企画部も、お昼は外勤とかで忙しいんですか？」

「外食は多いですけど、営業部ほど出ずっぱりじゃないですね」

「やっぱり、あそこは別格ですか」

「学生の頃からずっと弁当派だったんですけど、ちょっとこの改装は見過ごせなくて」

「ですよね。私も最近、お昼になるとソワソワしちゃって」

テンプレ会話が可能とはいえ、我ながらよくここまで話を引っ張れたと褒めてやりたい。

しかし経験上、ここから先は「彼女の手作り弁当」などのデリケートな話が出てくる確率がわりと高いので、言葉の選択を間違わないようにしなければならないだろう。

ちなみに『茄子とほうれん草の鶏そぼろ和え』には、まだ箸を付けられていない。

「けっこう小さい頃から、ばあちゃんに料理を教えてもらってたんですけど……最近は仕事が忙しくて、自炊するのも辛くなりましたから」

「えっ！　自作弁当だったんですか!?」

意外にも「彼女の手作り弁当」は出てこなかった。そのうえ「自炊男子」と「おばあちゃん子」属性まで付けてくるとは、隙がないにも程があるだろう。

「いやぁ、なんていうか……ぼく、みんなで食べるのが苦手なんです」

「……何をです？」

「え？　ご飯とか、ですけど」

お前は何を言っているんだ、と危うく口に出してしまうところだった。空気のように自然な流れで窓際に相席を誘っておきながら、さすがにそれはないだろう。

しかし「そんな風には見えませんね」とは、誰に対しても言わないようにしている。人は見た目が何％か知らないけど、所詮は雰囲気や印象だけ。若気の至りすぎや、明日と他人に期待しすぎた甘すぎる人生設計、ひた隠しにされた金銭や人間関係のトラブルなど。人間にとって最も大切な部分ほど、見た目の印象とは食い違っていることが多い。

少なくとも、今までの人生ではそうだった。

「なんとなく……分かります」

「いつの間にか全部、周りに合わせなきゃダメかな？　って空気が流れるじゃないですか。ごはんを小盛りにしたいのに、みんな大盛りだから言いにくいとか」

「男性だからって、大盛りが当たり前じゃないですもんね」

「それに以前は回転寿司もタッチパネル式じゃなかったから、中で握ってる人にどのタイミングで声を掛ければいいか分からなかったりとか……そんなこと誰も気にしてないんですけど、勝手に気が引けちゃって」

「あ、それ分かります。回転寿司は、ホント楽になりましたよね」

「そもそも食べるのが遅いのに、話しながら食べると、もっと遅くなるんですよ」

「分かります、分かります。なんとなく、すごく分かります」

全然「なんとなく」ではなく、気づけば全力でうなずいていた。

「あとぼく、どのタイミングで食べ始めればいいかとかまで悩んだりするんですよね。たとえば、今とか」

「えっ!? あっ、すいません!」

年齢制限なしのコミュニケーション・バトルロイヤルで連戦連勝だとばかり思っていた、こんな輝ける(シャイニング)好青年の生田さんが、まさか自分と同じ考えを欠片(かけら)でも持ちあわせているとは考えもしなかった。

特に見た目が良ければ良いだけ、人は相手の内側に自分の期待する偶像を求めてしまうのかもしれない。昭和で言えばナウい人、平成初期ならトレンディな人、後期からはイケてる人、ホットでシックでスワッグでドープな、今は何と言うのか知らないけど——ともかくそういう人たちこそ、外見と内面のギャップに悩まされてきたのかもしれない。

「ぼくの方こそ、すいません。ごはん、冷めてませんか?」

「いえいえ。食べましょう、食べましょう」

しかしその逆は、自分に置き換えてみれば簡単に理解できる。

不器用で機転の利かない、地味で真面目なだけの頻尿に困っているアラサー女。誰かが知らぬ間に付ける低評価に慣れてしまった者の生き方は、意外に楽なものだ。

なにせ、無理やり明るくポジティヴに振る舞う必要がないのだから。

「でも、この前は本当に助かりました」

「……何がです？」

「クリニック課を受診して、気が楽になったっていうか――」

鶏そぼろ餡のからんだ甘醤油系の茄子が、満喫できない話になってしまった。

守秘義務があるので、たとえ相手が本人であっても、知り得たことは主治医を通さないと話せない。確か前回の受診では検査結果待ちとなり、生田さんの診断結果は出ていないはず。それでも気が楽になったとは、どういうことだろうか。

「――今までどこの病院へ行っても『検査は正常です』『異常はありません』『様子を見ましょう』と言われるばかりだったんです。だからといって、効く薬があるわけでもなしかといって、いつまで経っても症状がなくなるわけでもなし」

そのセリフは、子どもの頃から散々聞かされたものと同じだった。

確かに症状はあるのに、どんな検査にも異常は出ない。

確かに症状はあるのに、次第に誰にも信じてもらえなくなる。

「それは……とても分かります」

「電車に乗った瞬間にお腹が痛くなって次の駅で降りたら、トイレが改札の外だった時とか、本気で泣きたくなりますよ」

「あ。それは『トイレあるある』ですね」

「え、分かってもらえます？　あの絶望的な距離感」

「まぁ、私も似たような感じの人間なので……」

「そうなんですか？　ぼく、改札の中にトイレがある駅は覚えましたよ？」

「あ、トイレがキレイな駅は覚えました」

にっと笑顔を浮かべたあと、生田さんは豚バラのにんにく醤油炒めとごはんを頬張った。

もちろん、きちんと飲み込んでからでないと話し始めたりしない人だ。

「なんか、嬉しいです。だいたい、分かってもらえないので」

「そうですよね……私も、めんどくさいヤツだと思われるだけでしたから」

「特にぼくの場合は、症状が全部『下の症状』なんですよ。だから仕事でも感染性胃腸炎でもないのに治癒証明書をもらって来いと言われたり、飲食系や介護系の仕事先には連れて行ってもらえなかったりして」

新型ウイルス感染症の流行以前から、食中毒系に関しては取引先との接触制限が厳しい。

生田さんの場合は症状が腹痛や下痢なので、特に辛かったのだろうと簡単に想像できた。

「ですよね。それについ、出先でもトイレの場所ばかり確認しちゃったりとか」

「します、します。実はぼく、ライトクの面接に来て絶対ここに就職したいと思った理由、トイレがめちゃくちゃ快適だったことですから」

「そのあたりは清掃なんかの美化用品を扱ってるだけあって、女性用は個室とか洗面台まわりとか、ちょっと自慢できるレベルなんですけど……男性用も、そうなんですか？」

「まず、個室に荷物棚があるんですよ。フックじゃなくて。それに石けんも非接触型で中身もいいヤツですし、トイレ自体の間取りが広いからすれ違いが楽なんです。なにより、ペーパータオルだったのは好印象でしたね」

「ペーパータオルは大事ですよね。しょっちゅうトイレに行くと、ハンカチが」

「そうそう、すぐビシャビシャになって――」

はっ、と生田さんは気まずそうに口を閉じた。

そしてひとくちおかずを頬張ると、ゆっくり嚙んで体裁悪そうに飲み込んだ。

「――すいません。調子に乗っちゃって」

「何がです？」

「なんか、あれじゃないですか。女性と一緒にごはんを食べながら、トイレの話で盛り上がるのは……ちょっと、人としてどうかなって」

「えっ⁉　それは何て言うか、私の方こそ……すいません、つい」

青春か、と自分でツッコんでしまった。

昼食を食べながら男性と顔を見あわせて思わず笑ってしまうなど、何年ぶりだろうか。

「ぼく、何の話をしてましたっけ……あ、そうだ。森課長に『あとは、これとこれの検査やって正常なら診断つきますね』って、言われた話でした」

「この前の検査ですか」

「信じられます？　検査が正常なら診断がつくって、どういう仕組みなん――」

スーツの内ポケットで、生田さんが業務用に持たされているガラケーが鳴った。

それを取った瞬間、今まで浮かんでいたすべての表情がリセットされたように見えた。

「――お疲れ様です、生田です。はい、はい、大丈夫です。はい」

申し訳なさそうに片目を閉じて「すいません、呼ばれたので」と合図を送り、まだ半分も食べていないトレーを片手で器用に片付け始めた。

こちらとしては申し分のないランチタイムだったので「いえいえ、気にせずどうぞ」と会釈していつもなら終えるのだけど、今日は何かが腑に落ちなかった。

生田さんの眉間に、一瞬だけ軽くしわが寄ったのも気になった。食べ残してしまったトレーを戻しながら大将に謝っている後ろ姿も気になったし、無意識に手をお腹に当てているのも気になった。

そしてガラケーを切ったあとにつぶやいたひとことが、決定的な不安を煽ってきた。

「……トイレに行ってからだと、怒られるかな」

その気持ちが分かりすぎて、心が痛い。

なんとか、クリニック課で診断がつかないものだろうか——。

そう考えていると、気づけばせっかくの『茄子とほうれん草の鶏そぼろ和え』の味が分からなくなっていた。

▽　▽　▽

これで初診から数えて、四回目。

今日もまたクリニック課の受付カウンター越しに、診療報酬明細書とお釣りを生田さんに渡している。

「今日は先生から、お薬は出ておりませんので」

「はい。検査結果を聞きに来ただけですから」

「それでは、30円のお返しと明細書です。明細書の方は月締めの経費を提出する際に、あわせて経理部にご提出ください。個人負担の半額が、翌月に戻って来ます」

他の患者さんがひとりも来ないので、ほとんど生田さんで受付対応の練習をさせてもらっているようなものだ。

「すごいですね、これ。ホントに医療費が半分返って来るんですよね」

途中で話しかけられると作業工程の何かが飛んでしまうため、申し訳ないけどここは愛想笑いだけを返させていただくことにした。できれば雑談や余談は、一連の事務処理が終わって帰る前にでもお願いしたい。

「あっと……次は、来週月曜日のお昼に予約が入れてありますけど、大丈夫ですか？」

案の定、危うく次回予約のプリントアウトを忘れるところだった。

「森課長が、たぶんそれで『最後』になるだろう、っておっしゃってました」

「ではこれ、予約確認表です」

それにしても生田さん。先生のあの白衣姿を見続けてもなお「課長」と呼べるあたり、律儀な性格が滲み出ている気がしてならない。そんな性格の人だからこそ、上司に呼ばれればお昼を食べかけでも、すぐに片付けて駆けつけるのだろう。

「晃平くーん。今日はクスリ、出てないのー？」

生田さんと似たようなカテゴリーの男性でありながら、サブカテゴリーではまったくの別種ではないかと最近思うようになってきた眞田さん。奥のデスクを立って、思いっきりフランクに受付カウンターまでやって来た。

「はい。前回もらった下痢止めが、まだ残ってますから」

「塩タブレットの試供品があるんだけど、要らない？」

でんっ、と受付カウンターに上半身を乗り出した眞田さんが、銀色の小袋を差し出した。この距離で人目を惹くふたりの男性が顔を突き合わすと、様々なあり得ないストーリーが勝手に脳内を駆け巡るから困ったものだ。

「……塩、ですか？」

しかし塩タブレットといえば、熱中症対策で夏場によく見かける錠剤サプリ。それを今の生田さんに勧めるのは、どういうことだろうか。

「下痢するとさ、けっこう下から塩分が出ていくんだよね。けどそれって脱水とか低血糖とかより実感しにくいらしくて、気づくと『体がダルい』とか『なんか体の節々が痛い』とか、ボディーブローのようにジワジワと体にダメージが入るんだって」

「そうなんですか？」

「あ。もちろんこれ、リュウさんの受け売りだけどね——」

そういうことを素直に言ってしまうあたりが、眞田さんに好感が持てる理由だ。

「——ザックリ言うと塩の成分であるナトリウムって、色んな細胞の間をかなり行き来してる物質でもあるから、特に筋肉系の症状として実感しやすいんだって。こむら返りとか、筋肉痛とか、夏場だと分かりやすく出るっしょ」

「あれって、塩分不足だったんですか」

「そうよ？　今もない？」

「あります。ぼくは下痢症だから、体がダルくなるのは仕方ないのかなって思ってましたけど……言われてみれば意味不明な筋肉痛とか、けっこう思い当たる節があります」

「まぁ『ダルい』なんて症状の原因は、山ほど考えられるけどさ。どうせ塩だし、下痢してるんだったら飲んで損はないと思うんだけどなー」

「塩タブレットですか……」

「これ、あげるから持って行きなよ。さすがに処方で『塩』は出ないでしょ。1日1回、1錠ぐらいからかな。多めの水で飲まないと胃の中で浸透圧が高くなってシクシクするから、そこだけは気をつけてね」

「もらっていいんですか？」

「試供品なのに、配らなくてどうすんのよ」

「ありがとうございます。早速、今日の夜にでも飲んでみます」

「そのうちこの壁に、ドラッグストア並みの棚を並べてさ。『ショーマ・ベストセレクション』のコーナーをバーンて作るから、その時は買いに来てねー」

ここまで、わずか三分。

流れるような眞田さんの会話を隣で聞きながら、いつの間にか「塩と体調の関係」について納得している自分に驚いた。ついでに『ショーマ・ベストセレクション』の内容も、気になって仕方ない。

これが「話の勢い」「聞かせる話術」というものだろうか。受付的には、こういうスキルを是非とも身に付けたいところだ。

「どうしたんスか、奏己さん」

「いえ……眞田さん、すごいなと思って」

「あれですか？　なんかコイツ妙に口が上手いな、って感じ？」

「違いますよ!?　決して、そういうアレでは――」

眞田さんは口元に笑みを浮かべて、くふっと鼻を鳴らした。

いったいどこを見れば、その人の考えていることが分かるというのだろうか。まったく言われた通りのことを考えていたのだから、不思議でならない。

「オレ今まで、地方中核病院の院内薬局からドラッグストアの薬剤師まで、けっこうアチコチを転々としてたんですよ」

「ドラッグストア……それで話が上手なんですか」

「それより学生の頃にバイトでやってたホストの方が、影響デカいと思いますけど」

「ホ――」

お願いだから、返しづらい話を最後に付け加えるのは止めてほしい。でもとりあえず眞田さんが、課長と薬剤師とホストの混ざった異次元キメラ生物だということは判明した。

この調子なら、コスプレイヤーか2.5次元俳優だということもあり得るかもしれない。

「けっこう笑える話ありますけど、聞きます？」

カウンターにもたれかかって髪をかき上げただけで、どこからともなくカメラの連写音が聞こえてきそうだった。必要なら、レフ板を持ってもいいとさえ思ってしまう。

「まぁ……それは、すごく気になるんですけど」

なぜか眞田さんが、一回だけ大きく深呼吸した。

「あのー、奏己さん？」

「……はい？」

「オレら、リュウさんと三人の部署じゃないスか」

「あ、はい」

「もうちょっとイージーにしてもらって、いいんですよ？　オレ、新入りの後輩ですし」

「イージーに……と、言われても」

友だち百人できるかな——あの言葉が無垢な心に刷り込まれて、今も辛い。

それが理想でも努力目標でも、あれは不可能な人数だ。

しかもよく聞いてみれば「できるかな？」と柔らかく曖昧なようでいて、実は「オレはやろうと思えばできるが、果たしてオマエはどうかな？」と上から目線で激しく煽っているようにしか聞こえなかった。

人はそれほど簡単に仲良くなれたり、理解し合えたりするものではないという現実を、もう少しマイルドに織り込んだ現代バージョンの登場が待たれてならない。

「自分で言うのもアレなんですけど……オレ、けっこうハードルを自分から下げてる方だと思うんですよね」

「だと思います。他の方より、話しかけやすいですし」

「だったらとりあえず、何でもいいんで気軽に話しかけてくださいよ」

「でもそれって、眞田さんはイヤじゃないんですか？　なんていうか、勝手に垣根を越えて入って来られるというか」

「ははっ。大丈夫スよ――」

一瞬だけ、眞田さんの表情がストンと落ちた。

「――垣根の越え方とか入って来たあとの様子とかで、どんな相手か判断できますから」

すぐ笑顔に戻ったものの、やはり眞田さんはコミュニケーション・モンスターだろう。

自分の懐に相手を招き入れて好きにさせることで、逆に相手の素性を判断するなど、とても真似のできない「肉を切らせて骨を断つ」レベルの凄技(すごわざ)。明日からはサムライ・ショーマと呼んだ方がいいかもしれない。

そんなことを真剣に考えていると、カルテ記入の終わった森先生が診察室から出てきた。

「マツさん。新宿に依頼した、生田さんの検査結果は戻ってきてないだろうか」

「仮報告なら、ひとつ戻って来ました」

いまだにＦＡＸでのやり取りが健在なのは、医療業界ならではだろうか。送る側の解像度にかなり問題がある上に、病院名すらズレて見切れて半分読めないＡ４のコピー用紙を森先生に手渡した。

紹介状に対する正式な「お返事」が地域医療連携室を経由して送られてくるような大きめの病院では、紹介した患者さんの診察や検査について、担当した医師が結論だけを先に送ってくれることがあるらしい。もちろん誰もが親切にすぐ仮報告を送ってくれるわけではなく、医師や病院同士の親密度によって成立する「お気持ち」のやり取りなのだという。

そんなＡ４用紙をチラ見して、森先生は表情ひとつ変えずにつぶやいた。

「……まぁ、そうだろうな」

「どうよ、リュウさん。晃平くんの結果は」

気づけば眞田さんとふたりで後ろのデスクに座り込み、カンファランスが始まっていた。

「潰瘍性大腸炎（かいようせいだいちょうえん）、クローン病も含めて、慢性炎症や構造異常の所見はないそうだ」

今回は、どうしてもこのクリニック課ではできない「大腸内視鏡検査」を他院にお願いしていた。森先生が新宿「駅チカ」で大型クリニックの院長をしている知り合いに直接頼んで、予約枠など関係なしにコネで入れてくれたものだ。

「上部消化管（上の方）はどうなの？」

「俺が診た。軽度の急性胃粘膜病変（AGML）だけで、ピロリも潰瘍もなかった」

「他は？」

「採血スクリーニングは乳糖不耐症などの食物系も含めてすべて問題ないと、さっき本人にも伝えたばかりだ」

「じゃあ、やっぱ？」

「その可能性は非常に高いが……そう、高いのだが……どうだろうか」

「まぁ、オレらはそう思うけど？　他の人からの意見も欲しいところではあるよね」

「そう。第三者の意見を聞いてみたい」

「たとえば、よく話をしている受付の人とか？」

おかしい。今は届いた仮報告を踏まえて、ふたりで生田さんの病状について話し合っているはず。こんな会話に、医療事務になりたての人間が入る余地などあるはずがない。

「ショーマ。俺はまた何か、マツさんに失礼なことをしてしまったのだろうか」

森先生は、じっと背中に視線を送り続けながら話しているに違いない。

「や、あれは違うでしょ――」

眞田さんも、こっちを見ながら話しているとしか考えられない。

「――っていうか、リュウさん。奏己さんに、何したの？」

「それが分からないから、おまえに聞いているのだが？」

「なにそれ。無自覚にも程があるっしょ」

森先生は失礼なことなんて、なにひとつしていませんよ——と、笑顔でふり返るリハーサルを脳内でしているうちに、そのタイミングを失った。万事この調子なのだと誰に言っても信じてもらえないけど、これが悲しい現実だ。

「たぶん、あれじゃないかな。奏己さん真面目だから、患者さんの診療話には首を突っ込んじゃいけないと思ってんじゃない？」

「なぜ。うちのスタッフだが？」

「ほら。守秘義務とか、すごく気にしてるっぽいし。ですよねーっ！　奏己さん！」

「は、はい！」

ようやく思い切りイスを回して、ふり返ることができた。

眞田さんには、本当に感謝しかない。前に読んだ医療系妖怪(あやかし)ラブコメ小説に出てきた、人の心が読める「イケメン天邪鬼(あまのじゃく)ドクター」だと言われても信じてしまいそうだ。

「マツさん、コーヒー飲む？」

「はい⁉」

「あのさ、リュウさん。それ、会話の角度おかしいから」

「ではこの場合、なんと言って招き入れれば？」

やれやれとため息をつきながら、眞田さんが隣の空いているデスクに手招いてくれた。

よく分からないまま話に交ざることになったものの、気づけば手にハンカチを取り出して無意識に握っているから困った物だ。

「奏已さんだって、クリニック課のスタッフなんスよ？　患者さんの話をしてる時に、ひとりだけ黙って聞いてないフリしなくてもいいじゃないですか」

「でも、守秘義務がありますから」

「マツさん。守秘義務規定というのは、医療関係者が患者の秘密を漏泄するおそれが」

「待って、待って。リュウさん、堅いってば。患者さんには、あんなに分かりやすく説明できるんだからさ。奏已さんにも、ああいう風にできないの？」

「原文ママ、だが？」

「……なにそれ。もしかして、緊張してんの？」

「マツさんに？　俺が？　なぜそう思う」

「そういえば、リュウさん。奏已さんには『先生』って呼ばれても気にしないよね」

「クリニックの医師と医療事務なのだから、課長では関係性としておかしいだろう」

「けど最初、課長って呼ばせてたじゃん」

「マツさんに？　呼ばせてないが？」

はいはい、と森先生をなだめる眞田さん。

そして相変わらず先生のトリガーが何なのか、さっぱり理解できなかった。

「奏已さんさぁ。守秘義務って、そんなに難しく考えなくてもいいんスよ」

「でも、個人情報ですし……」

「それそれ、それです。簡単に言うと、院外＝課外に持ち出さなきゃいいんですよ。その医療情報を三人で共有して、患者さんのために使えばいいんですから」

「でも私が交ざったところで、何の役にも立てないですし……それならいっそのこと、何も知らない方がいろいろ安全だと思って」

知らなければ、誰かに聞かれても答えようがない。

知らなければ、誰かにうっかり話すこともない。

それが社会人になって七年間で学んだ、静かに生きるためのリスクマネージメントだ。

「そんなことはないです。医者から見た患者さん、薬剤師から見た患者さん、受付事務から見た患者さん——それぞれ見え方が違って、当たり前じゃないですか。そういう多角的な評価を持ち寄ることで、診断や治療のヒントになることも結構あるんスから」

「……そうですかね」

「医者に聞いて欲しかった不安なことを薬局で延々と話してくる患者さんなんて、普通に見かける光景ですよ？」

確かに、病院の受付でも見かけることがあった。すでにお会計の段階なのに、今から診察でも受けるような勢いで、受付事務さんに症状や不安を訴えていたのを思い出した。

「だから医者の知らない患者さんの症状を薬剤師が知ってたり、受付さんがあとから医者に報告したりってのは普通にあるんです」

「そう。マツさん、俺もそれが言いたかった」

眞田さんはもう、先生の会話を拾ってあげないつもりらしい。

このあたりの線引き感を会得することは、一生できないだろう。

「それに。奏己さんはクリニック課の、医療スタッフですからね？」

「コ……メディカル？」

眞田さんにそう言われて、背中に電気が走った。

この感覚を「帰属感」や「帰属意識」と言うのだろうか。

今まで一度も経験したことのない感情だったけど、決して悪い物ではない。群れる安心感とは違う、総務課に七年も在籍していて一度も感じることのなかった感覚──何らかの役割を持った作戦部隊の一員、という表現がぴったりかもしれない。

「そう、俺もそれが言いたかった。なのでマツさんも何か気づいたことはないか、俺は話の輪に入って欲しかった」

「生田さんのこと、ですよね」

「表情、視線、会話の反応、クセ、まばたきの回数でも、何でもいい。マツさんは、何か気になったことはないだろうか」

相手の表情や視線を見ることは普通にあるとしても、まばたきの回数まで気にして見ている人などいるだろうか。

「あ、そういえば——」

なぜか不意に、社食での生田さんを思い出した。

「それだ」

「リュウさん、聞きなさいって。まだ奏己さん、何も言ってないでしょ」

「——全然関係ないかもしれませんけど」

「いや。同一人物の行動において、相互関係がゼロの事象など」

「だから、黙って聞きなさいよ」

思い出したのは、生田さんが持たされている仕事用のガラケーが鳴ったあとだった。

それを取った瞬間、今まで浮かんでいたすべての感情がリセットされたように見えた。

生田さんの眉間に、一瞬だけ軽くしわが寄ったのも気になった。何より追い打ちをかけたのは、最後のひとりごとだった。

——トイレに行ってからだと、怒られるかな。

そんな自分が感じたことすべてを、ふたりに話してみた。

「あ、そうなんだ。あー、はいはい。あり得るね、リュウさん」

「やはり、多角的な視点は大切だな」

ご飯を食べている最中に呼び出され、昼の休憩時間とランチを切り上げさせられ、不愉快に思わない人はあまりいないだろう。だからあの時の生田さんの反応が、意味のある特別な挙動だとは思えない。

それでも「何か気づいたこと」と聞かれたら、あの表情を思い出さざるを得なかった。

「こんなことで、何か診断の役に立つんでしょうか……」

イスの背にもたれかかった森先生は、まばたきもせずにこちらを見ていた。

「症状に対して考えられる疾患をできる限り挙げて、そのどれかに当てはまらないかと診断を進めていくことを『鑑別診断』と言う。生田くんの症状と経過から考えられる疾患をひとつずつ鑑別していったが、どの検査も正常で、症状も診断基準を満たさなかった。だから消去法で残った診断――除外診断で、生田くんの病名が確定した」

「……な、なるほど」

「その最後の決め手が、マツさんの観察だ」

「そうなんですか⁉」

「そう。コメディカルであるマツさんの観察があったからこそ、結論に確信が持てた」

「でも私のは……食事中に上司に呼び出されて、嫌な顔をしたっていう普通の」

「それに対する生田くんの反応が、すべてを物語っていると思う。もの凄く頻度の低い希な疾患を疑わない限り、まずはこの診断で管理を始めていくのが普通だろう」

「ね、奏己さん。これって、守秘義務とは別の話でしょ？」

しかし自己評価の低い人生に甘んじてきた人間としては、誰かの重要な分岐点で何らかの決定的な役割を果たしたとは簡単に思えない。

それなのに、生まれて初めて感じたクリニック課への帰属感は増していくばかり。こんな知らない感情が二十九年間も自分の中に眠っていたとは、本当に意外だった。

と同時に。最悪の事態を回避したい人間は、常にあらゆる最悪の事態を想定する。つまり今、想定しなければならない最悪の事態が脳裏をよぎってしまったのだ。

「けど、まさか生田さん……今まで、診断がつかなかったぐらいの病気だから」

考えたくもないけど「悪性の病気ではない」と、森先生はひとことも言っていない。

ばくんと心臓が血液を急速に吐き出し、今まで忘れ去っていた尿意がいきなり決壊寸前の危険信号を送りつけてきた。

「大丈夫。それは安心していい――」

「よ、よかった……」

森先生が浮かべた優しい笑顔が、波打つ動揺をなだめてくれた。

「――マツさんも、同じカテゴリーの疾患なので」

「はいっ？　えっ、なんで私の話になるんですか!?」

「では、生田くんより先に説明しておこう。実はマツさんの頻尿は――」

人間、わりと簡単にフリーズするものだと、最近よく実感する。

ちょっと何言ってるか分からない、という言葉が喉に引っかかって窒息しそうだった。

▽ ▽ ▽

いよいよ、生田さんに診断を伝える日がやってきた。

時刻は午後一時。

場所はクリニック課の診察室ではなく、ブラインドを下げた四階の談話室。小さめの長テーブルを挟んだ向こう側には森先生と眞田さんが座り、こちら側に生田さんと並んで座らされている。このポジションは、決してお茶出し係の待機場所ではない。

「あの、森課長……ぼく、今日は検査結果を聞きに来た……んですよね？」

「そうです。薬剤師の眞田と医療事務のマッサ――ヒサが同席しますが、これには目的と意味があり、この形式の方が生田さんに病態を説明しやすく、また生田さんご自身も病態を理解しやすいと考えたからです」

「そうですか。初めてなので、ちょっとびっくりしました」

いきなり小部屋に呼ばれて三人に囲まれれば、誰でも驚くだろう。

しかしあらかじめ先生から病気の説明を聞いた身としては、やはりこの形態の方が生田さんは理解しやすく、安心できるのではないかと思う。これは決して一般的な診療形態ではないけど、それができるのもクリニック課の利点だろう。

「生田さん。結論から申し上げますと、悪性の疾患は検査結果からすべて否定的でした」

「えっ⁉　あ、はい！」

まだ何も始まっていないうちに、いきなり結論から伝える森先生。

もったいぶられたところで何も得はしないのだけど――なんというか、先生らしい。

「その上で。病状説明をこの形態で続けたいと思うのですが、いかがでしょうか」

「あ、全然これで構いません。すみません、気を使ってもらったみたいで」

「ご理解とご賛同をいただき、ありがとうございます」

「いえ、こちらこそ。なんだか、就活のグルディスみたいで懐かしいです」

「なるほど」

まっすぐ生田さんを見たまま止まってしまった先生に、眞田さんが小声で耳打ちした。

「就活さんがよく使う『グループ・ディスカッション』の略語ね」

「なるほど」

そう。先生は診察室よりも、グループ・ディスカッション形式を提案したのだった。

「それで……ぼくのこの腹痛と下痢って、何だったんですか？」

「過敏性腸症候群（かびんせいちょうしょうこうぐん）と診断するのが妥当です」

そう告げると先生は、大量に用意した説明用のA4用紙に大きく診断名を書いた。その字面だけを見ると、なんとなく悪い病気のような気がしないでもない。

「……初めて聞く病気なんですけど、どんな病気なんですか？」

「症状としては『病気』ですが、その原因は『病的』なものではありません」

「……え？」

いきなり「病気だが病的ではない」と言われて、理解できる人は少ないだろう。

先生は別の用紙に、脳からあらゆる方向に伸びる神経の絵を描き始めた。

「人間は様々な負荷（ストレス）を受けると、自分を守るために体を防御しようと神経を緊張させます。それが二種類でワンセットになっている神経『自律神経（じりつしんけい）』のうちのひとつ『交感神経（こうかんしんけい）』なのですが、この反応は正常なものであり、病的なものではありません」

描かれた神経の先に、肺と心臓、胃、大腸、膀胱、筋肉、皮膚という文字が、次々と書き足され、それらすべてが赤いペンで脳と繋げられていく。

「だから課長は先ほど、原因は病的なものではないと」

「そうです」

「そうか……ぼくの腹痛や下痢の原因は、ストレスだったんですね」

「大雑把に言ってしまうとそうですが、厳密には違います」

「えっ？　違う……んですか？」

「厳密には」

「……はぁ」

原因はストレスだけど、厳密には違う――その意味は前もって説明してもらっていたけど、何かを誤魔化して言わないようにしているのかと思ったほど分かりにくかった。

「先ほどもお話ししましたが、この反応はストレスがかかれば誰にでも起こっている、緊張に対する人間の正常な反応です」

「あっ――」

生田さんは頭の回転が速いのだろう、すぐに小さな声を上げて動きを止めた。

この段階で何度も質問して、先生の説明を止めた自分が恥ずかしい。

「ですから、何らかのストレスが引き金になっているのは事実ですが。厳密に言えば生田さんは、この交感神経刺激に対する身体の反応が過敏なだけということです。たとえて言うならば、交感神経とその作用する対象臓器の関係が繊細だということでしょうか」

そもそも、たとえになっていないような気がする。

理解しかけていた生田さんは首をかしげ、明らかに表情が曇っていった。

「繊細……腸が弱い、ということですか？」

「違います。消化管機能が劣っているわけではありません」

「根性なしとか気が弱いとか……そういう『気持ちの問題』でもないんですか？」

「違います。交感神経刺激に対する腸管反応の個人差、つまり内臓のキャラクター性というか……そうですね、どうしても理解しづらいようであれば『体の性格（キャラクター）が繊細（デリケート）』という表現はどうでしょうか」

「体の性格……」

これでまた一歩、生田さんの中で理解が進んだのではないだろうか。

体にも性格があるなら、その性格を変えることは簡単ではない。みんなと同じストレスを受けても「繊細な性格をしている体」だからこそ起きる反応であり、決して病的なものではない。だから検査結果も、すべて正常に出る。

少なくとも自分では、これが一番理解しやすい考え方だった。

「そして引き金となるストレスは、たとえそれがどんな些細なものであれ、何でも引き金になり得ます」

「どんなに些細でもって……ほんの、ちょっとした心配事でもですか？」

「そうです。程度や種類は関係ありません。その人がストレスに感じるもの——あるいは本人がそれを『ストレスだと意識すらしていないもの』でも、引き金になります」

ここでまた、生田さんの理解が立ち止まったように見えた。

普通は精神的なストレスというと、気が滅入って仕方がないような強烈なものを思い浮かべてしまうけど、先生は「何でもありだ」と言うのだ。

「そんな……自分のストレスを自分が意識しないなんて、あり得ますか？」

「これは大昔に、私が指導医（オーベン）に言われたことですが。それがあり得るかどうかを議論する前に、実際に症状が出ていることを忘れてはならないのです」

　少しだけテーブルに身を乗り出した先生は、生田さんをじっと見つめた。

「そんなことは『あり得ない』とか『聞いたことがない』とか、そういう先入観や経験則は間違いなく誤診を誘発します。実際に症状が現れているのですから、自覚の有無を問わず、そこには引き金となるストレスがあると考えるべきです」

　生田さんは先生を見つめたまま、完全に動きを止めて聞き入っていた。そして話が終わると、テーブルに視線を落として軽くお辞儀をしたのだった。

「森課長。本当にありがとうございます」

「……生田さん？　申し訳ないのだが、どの部分に感謝を？」

　思わず眞田さんと顔を見あわせたけど、それについて口を挟むことはしなかった。

「ぼくがあまりにも頻繁にお腹が痛くなったり、下痢になったりするので……最後の方は必ず、誰にも信じてもらえなくなるんですよね」

「しかし、腹痛と下痢は事実なのでは？」

「もちろんです。信じてもらえなくても、この症状は嘘じゃないですから」

「……最初から信じていますが？」

「ですから、その……ありがとうございます」

「そういう意味でしたか。どうぞ、何も気になさらず」

症状がすべてというか、訴える症状を疑われないという安心感が、森先生にはある。こういうアプローチを、問題解決型と言えばいいのかもしれない。

「当然ですが常に防御体勢では緊張で体がもたないですから、その真逆である体をリラックスさせる自律神経の『副交感神経』が、常にセットで各臓器に配線されています。人間はその活動のほとんどすべてが、この二種類の神経による綱引きでバランスを取られていると言っていいでしょう――ここまでは、よろしいですか？」

今度は青いペンで、すべての臓器が脳と繋げられた。

「はい。理解できていると思います」

次に先生は、肺を丸で囲んだ。

「たとえばこの交感神経刺激に肺が繊細に反応すれば『息苦しさ』を感じたり、呼吸が増えすぎて『過換気』になったりしますが、様々な検査をしても原因はみつかりません」

「過換気って、聞いたことがありましたけど……これだったんですか」

次に、心臓を丸で囲んだ。

「心臓が反応すれば動悸を感じたり、私のように不整脈が出ます」

「へぇ、不整脈も――って、えぇっ！　森課長がですか!?」

「そうです。私はストレスがかかると、期外収縮という不整脈が出ます」

「だ、大丈夫なんですか？」

「ストレスを感じた時にだけ出る症状なので、日常生活には支障がありません。ですからこれを『病気』と呼ぶかどうかは、その程度と頻度によるでしょう」

「じゃあ森課長は病気ではなく、心臓が繊細だということなんですね」

「認めたくありませんが……これまでの説明に合わせると、そういうことになります」

くすくすっ、と隣で笑う眞田さんを気にもせず。なにごともなかったように先生は、次に皮膚を丸で囲んだ。

「皮膚が繊細な場合、ショーマのようにじんま疹が出ます。これを特発性じんま疹、あるいはストレス性じんま疹と呼ぶ場合もあります」

何と言っていいか分からない生田さんは、ただ目を丸くして眞田さんを見ていた。

しかし、考えていることは分かる。まさかあのコミュニケーション・モンスターの眞田さんが、体の性格はデリケートだとは――きっと、そう思ったことだろう。

そんな風には見えませんね、と言いたくない理由がこれだ。

所詮、人の見た目や印象はその程度なのだ。

「そうなんだわ、晃平くん。職場が変わったりするとオレ、わりとじんま疹が出るのよ」

「そうだったんですか。ライトクに来てからも、出ました？」

「いやぁ。それが、ぜんぜん出る気配すらないんだよねー」

「ということは……ストレスをまったく感じておられない、ということですか？」

「まぁ、そうとも言うね。何も考えてない、バカとも言うけど」

「ち、違いますよ⁉　そういう意味では」

確かに眞田さんを見ている限り、辛そうだったり、悩んでいたり、戸惑ったりしている様子がまったくない。でもそれは、毎日を楽しんでいるということなのかもしれない。

「冗談だって。スゲー寝不足とか疲れすぎとか、色々考えすぎて頭が回らなくなったりしても出るんだけどさ。そうなったら逆に、じんま疹が出たのなら心身共に黄色信号になってる証拠だから、ちょっと休むかって思うようにしてる」

「あ。さっき森課長が言っておられた『意識していないストレス』というやつですね」

こうして他人の事例を聞くと、この交感神経刺激に対する体の反応というものが、かなり理解しやすい。これを狙って、先生はこのディスカッション形式を選んだのだ。

「あとオレ、集団生活がムリなの。気の合わないヤツと仕事してると、そいつのやること何でもムカつくの。もういいからオレに貸せよ、オレがやるからオメー引っ込んでろよ――って、気づいたら誰も何もやらなくなるのよ。なら、やれるヤツがやれよって空気？まぁ当然なんだけど、そのうち風呂あがりに、じんま疹が出始めるというパターン」

「な、なるほど……」

「だから、前の職場はすっぱり辞めたよ」

「……勇気、要りませんでした？」

「勇気？　要らない、要らない。じんま疹を出しながら働かされるほど、オレの人生って安くないから」

　ひとことで言うと、大人げない。

　でも「オレの人生は安くない」という言葉には、思わず考えさせられてしまった。お金は大事だけど、じんま疹を出しながら身を削って働いて、最後に何が残るというのか。

「嘘じゃないからね？　スマホに画像残してあるけど、見る？」

「い、いえ。大丈夫です、信じてますから」

　不意に眞田さんが、にやにやしながらこちらを見た。

　気を使って、会話に交ぜてもらわなくてもいいのだけど。

「奏己さんもオレのこと、心臓に毛が生えてるとか思ってたんでしょ」

「えっ？　そんな……毛深いようには見えないですけど」

　談話室の中が、しんと静まりかえった。おそらく返し方を間違ったのだと思うけど、何をどう間違ったのかは後で調べるしかない。

　そんなことはお構いなしに、先生は次に胃を丸で囲んだ。

「そして胃が反応すれば胃痛、食欲不振、嘔気、あるいは実際に嘔吐することもあります。神経性胃炎や急性胃潰瘍なども、この反応の一部に入れていいでしょう」

「あ、それは聞いたことがありますね」

「生田さんにこの所見はありませんでしたので、上部消化管の腹痛は否定しました」

そのまま流れるように、先生は大腸と書いた文字を丸で囲った。

「これが大腸に起こったものが、生田さんの過敏性腸症候群です。もちろん胃と大腸では症状に違いがありますが、ストレスによる交感神経刺激に対して繊細な反応＝過敏な反応をするという意味では同じです」

「なるほど……過敏性腸症候群ですからね」

「その特徴をよく表した病名だと思います」

「森課長、ありがとうございました。皆さんの症状もお聞きできましたし、丁寧な説明をしていただけたので、すごく理解しやすかったです」

「そうですか、それはよかった。次に筋肉の場合ですが――」

それでも先生は、筋肉を丸で囲って説明をさらに続けた。

「え……？」

「――ん？」

「あの、課長……とてもよく分かりました、けど」

「あ、失礼。トイレ休憩を挟みましょう」

「いや、ぼくは大丈夫ですけど……」

ふたりの視線が、同時にこちらへ飛んで来た。

気を使ってもらって申し訳ないやら嬉しいやらだが、今は不思議と大丈夫だ。

「……私も、大丈夫です」

それを聞いて安心したように、先生は説明を続けた。

これからさらに何を説明されるのか、生田さんにはまったく理解できないようだった。

「これは主に肩や首回りから頭の周囲の筋肉痛のことで、ここでは主に緊張型頭痛のことを表しています」

「筋肉痛の話、ですか？」

「そうです」

「あれ……でも、頭痛のことって」

「頭痛は大雑把に、頭蓋骨の中の痛みと、外の痛みに分けられると思ってください。偏頭痛は頭蓋骨の中の頭痛、緊張型頭痛は外の頭痛――つまり、頭蓋骨を覆って首と繋いで支えている筋肉の『筋肉痛』だと考えてもらってかまいません」

「あ、だから筋肉痛＝頭痛だと」

「緊張型頭痛と片頭痛の診断基準は違いますが、区別の付きにくいものもあります。緊張型頭痛の頻度はわりと高いので、軽はずみに偏頭痛だと判断しない方がいいでしょう」

「偏頭痛ですか。それもよく聞きますね」

そう言ってみたものの、まだ説明が続いている理由が生田さんには分からない。

しかしここからが、説明の残り半分だと言っていいだろう。

「最後に、膀胱が交感神経に対して繊細に反応すると――」

森先生が、ちらりと視線を送ってきた。

いくら鈍くても、その意味が確認だということぐらい分かる。問題ないので予定通りに話を進めてもらうよう、黙ってうなずくことで返事をした。

「――尿路や膀胱、生産される尿に問題がないにもかかわらず、トイレが近くなってしまう心因性頻尿（しんいんせいひんにょう）になります。そうですよね？　マツさん」

「ですね。緊張すると、すぐトイレに行きたくなります」

「えっ、松久さんが？」

驚いて振り向いた生田さんにも、黙ってうなずいて答えた。

子どもの頃から二十年以上も悩まされてきた、この頻尿。膀胱炎だとか、遺尿症（いにょうしょう）だとか、様々な病気を疑われて散々検査を繰り返した挙げ句、結果はすべて正常。最後は必ず「気にしすぎ」だとか「気が小さいから」だとかで済まされてきた、この頻尿。今までの検査結果と歴史をすべて話したところ、森先生はいとも簡単に除外診断で心因性頻尿だと診断してくれたのだった。

なぜこのことを教えてくれる医師が二十年以上も現れなかったのか、不思議でならない。

そして生田さんがいなければ、今もこの診断に辿り着くことはなかったと思う。だからこのグループ・ディスカッションに参加し、あまり知りもしない生田さんの前で自分の症状を告げることを引き受けたのだ。

森先生はストレスで不整脈が出るし、眞田さんはじんま疹が出るし、生田さんはお腹の症状が出る——そう聞かされた時、この交感神経刺激症状は「どんな人」にも起こり得ることなのだと安心し、二十年以上モヤモヤしていた気分が一気に晴れたことを、おそらく一生忘れないだろう。

そしてこれが嘘の症状ではないということ、気の持ちようでもないということを、医学的に認めてもらえたことが何よりも嬉しかった。だからきっと生田さんも「仲間」が多い方が安心するのではないかと思い、この形式にしてもらったのだった。

「マツさんに質問です。その緊張は、どんな些細なものでも引き金になりますか？」

「はい。だいたい、きっかけは些細なものだと思います」

「緊張の種類や程度は関係ない、ということですね？」

「そうです。自分とは無関係に場の雰囲気が悪くなっただけでも、ビリビリと下腹部が刺激され始めます。間違っても自分が注目を浴びるようなことになれば、すぐに駆け込める個室の場所を脳内で確認していますから」

「なるほど。ではその症状を避けるために、今まで何か特別な対策を立てましたか？」

「……なるべく、人目に付かないような生き方を心がけていました」

「そうですか。貴重な証言、ありがとうございました」

なんだか裁判みたいなやり取りになってしまったけど、すべて事実だ。

しかしこの頻尿が起こる原理を知ってからというもの、気が楽になったのも事実。繊細な性格の膀胱に、明日からすぐに逞(たくま)しくなれというのは無理な話だ。もちろん根性論なんて論外だし、たとえ内臓の性格を鍛(メンタル・トレーニング)えることができたとしても、結果が出るのは何年先になることやら。

それでも、ストレスは毎日のように降り注いでくる。そしてストレスには決して慣れることはなく、むしろ脳内に蓄積していく。これは生きている限り避けて通れないことだ。つまりこの症状とも「付き合っていかなければならない」ということになるけど、それは自分の性格とは死ぬまで付き合っていかなければならないことと同じ。

そう思えるようになったのだった。

「生田さん。これらの交感神経反応による症状には期外収縮、特発性じんま疹、過敏性腸症候群、心因性頻尿など、個々に様々な病名が付いていますが、心理的負荷と身体症状が交感神経によってリンクしているため、総じて『心身症(しんしんしょう)』とも呼ばれています」

その単語を聞いて、生田さんの表情が少しだけ変わった。

「……それって、心療内科の病気じゃないですか？」

「これらの症状が『病気』になるかどうかは、程度と頻度の問題です」

「あ、そうでしたね……」

「虹には、はっきりとした色の境界線がありません。赤色は気づけば橙色に、橙色はいつの間にか黄色になっています。それと同じように考えていただければ幸いです」

「……確かに」

やはり生田さんは、頭の回転が速い人なのだろう。すぐに先生の説明を理解できたのか、小さくうなずいて大きくひと息だけ吐いた。

「心身症と聞くと特別な疾患だと受け取られてしまい、間違った認識で理解されがちです。しかしこれはごく普通のありきたりな生体反応だけれども、少し繊細で過剰なだけなのだということ、程度問題なのだということを、ぜひ生田さんにも理解して欲しかった」

「森課長。もしかして今日、ぼくに談話室で説明してくださったのは」

生田さんは談話室内を見渡した。

ここにいる四人全員が、何らかの心身症状を持っている。しかしそれは病気というより、日常生活の一部――あるいは、性格の一部になっていると言っていいかもしれない。

「ありがとうございました。なんだか、スッキリしました」

「もちろん仕事や生活に支障がないように、これからも内服処方は出します。しかしそれは根治ではなく対症的なものだということを、理解していただければと思います」

「ですよね。結局は引き金になっているストレスが解除されないと、ですもんね」

その表情を見て思い出したのは、社食で生田さんがつぶやいた言葉。

――トイレに行ってからだと、怒られるかな。

もちろん推測だけど、あれは上長か部長からの電話だったのではないだろうか。

配属二年目で社会経験も浅く、それは仕方ないことなのかもしれない。しかしどうしても、パワハラや何らかのハラスメントがないか心配になってしまう。

「根治療法はストレスの解除ですが、それは簡単ではありません。生田さんは何か今、ストレスに感じておられることがありますか？」

核心を突いた先生の言葉に、気づけばハンカチを握りしめていた。

しかし生田さんは、視線を窓のブラインドに逃がしたまま動きを止めていた。

「ストレスですか……ちょっと、思いつかないですね」

その表情は、言いたくない気持ちを隠しているようには見えない。

しかし確かに腹部症状があるのだから、ストレスは必ずあるはずだ。

「そうですか。では、今日の病状説明は以上です。次回はまた、処方がなくなる前に受診するようにしてください」

「森課長、ありがとうございました」

なぜこれで終わりにできるのか、まったく理解できない。

三人が席を立とうとした時、あり得ない衝動に突き動かされた。

「あの――」

話がまとまって解散しようとする集団を引き止めるなど、そんな目立つ行動を今までなら絶対に取るはずがない。それでも気づけば、イスが音を立てるほどの勢いで真っ先に立ち上がっていた。

「マツさん、どうした？」

「――いえ、なんていうか」

もちろん、言葉を準備していたわけではない。

ただ、生田さんが今の仕事や上司をストレスに思っていないか心配だった。自分の心配で精一杯だった地味系の頻尿女子が、他人の心配をしてしまったのだ。

「あ、リュウさん。オレと奏己さんで談話室（ここ）を片付けていくから、先に晃平くんとクリニック課に戻っててよ」

素早く察知したのは、やはり眞田さんだった。

しかし完全に会話を逸らし、軽く首を振りながら「その話はヤメておきましょう」と無言の流し目で訴えている。コミュニケーション・モンスターの眞田さんが、そう判断したのだ。その真意は分からなくても、おそらく今はそれが正しい選択なのだろう。

「そうか、すまない。では生田さん、戻りましょう」

そうして、ふたりが談話室を出て行ったあと。眞田さんは静かに小さく息を吐いた。

「奏己さん、いい人すぎですって」

「……どういうことです？」

「さっきパワハラでも受けてないか、晃平くんに聞こうとしたでしょ」

やはりあれは、すべてを見抜いた目だったのだ。

「す、すいません……つい、余計なことを」

「や。全然、余計なことじゃないんスけどね」

「私は気づかせてもらったことで、ずいぶん気持ちが楽になったので」

「営業企画部長からの扱いや、与えられる仕事。晃平くん本人が自覚してないだけで、入社二年目には、かなりキツいんじゃないかって話ですけど——」

少し悲しそうな笑みを浮かべた眞田さん。ライトクに来て日が浅いというのに、どこからそんな情報を仕入れてくるのだろうか。

そんな話をしながらも、手を止めることなく談話室を片付けていた。

「だったら生田さんに、そのことを」

「——これからいろいろ仕事ができるようになったら、ストレスじゃなくなるかもしれないじゃないですか」

「あ……」

そこまで説明されて、ようやく眞田さんに止められた理由が理解できた。

頻尿の引き金になっている「緊張」からは一生逃げられず、かわしたり、避けたり、予測して軽減したりしながら、これから先も変わることなく付き合わなければならない。そしてお互いの関係は、今と大きく変わることはないだろう。

しかし生田さんの引き金が「仕事」や「上司」だとしたら話は別で、むしろこれから関係性は大きく変わっていくかもしれない。仕事ができるようになった部下を見る上司の目も変わるだろうし、仕事に対する生田さんの気持ちも変わってくるはずだ。

「でも今、症状があるのは間違いないわけですから……生田さんに何かしてあげられることって、ないんですかね」

「ホント。奏己さんって、クリニック課に向いてますよね」

「……そうですか？」

テーブルの消毒布巾(ふきん)までかけ終えた眞田さんは、にっと白い歯を見せた。

「たぶんリュウさんは必要なら下痢止めだけじゃなく、抗不安薬も出すだろうし。奏己さんはそんな感じで、気軽に相談できる窓口になってあげればいいじゃないスか」

気軽に相談できる場所——それは、すべての人にとって必要な場所だと思う。

果たしてクリニック課の受付が、その窓口になれるだろうか。

「それじゃあ、眞田さんは？」

「オレですか？　オレは何か、いい感じに立ち回りますよ」

そう言って眞田さんは、満面に笑みを浮かべた。

こういうテキトーでニュートラルな感じも、人には必要なのだ。

【第三話】無自覚なエアロゾル

　有言実行とは、このことだろうか。

　クリニック課に入ってすぐ左手の壁に、ドラッグストアやスーパーで見かける商品棚がひとつ設置されていた。部署の戸締まりとセキュリティをかけて帰宅した時には何もなかったはずなので、夜間か朝一番に搬入されたのだろう。

「奏己さん、はよざーっす」

　何時に来たのか知らないけど、眞田さんがいつも以上に生き生きしている。

　その棚の幅は軽く両手を広げた程度で、一番下が大きめに突き出た五段のタイプ。間違いなく「ショーマ・ベストセレクション」コーナーを作るつもりなのだろうけど、残念ながらまだ何も陳列されていなかった。

「おはようございます。これ、どうしたんですか？」

　一応ここはクリニックなので、当然ながら保険医薬品の処方ができる。それを承知で眞田さんがこの棚に何を並べるつもりなのか、すごく気になってきた。

「あ、受付の邪魔にはならないっスよね」

「ぜんぜん」

「ラッキー。そっち側には診察室の入り口もあるし、置くとしたらこっち側の壁に寄せるしかなかったんですよね」

「大丈夫ですよ。このカウンターの向こう半分だって、使う予定もありませんし」

将来の拡張性を考えてなのか、クリニック課に入ってすぐ正面に据え付けられた横長テーブルの受付カウンターは、出入りのために間を空けてふたつ並べてある。

しかし向こうのテーブルは一度も使ったことがないし、使う必要を感じたこともない。

「まじスか？　じゃあこっち側にもう一台、物販用のレジを置かせてもらおうかな」

クリニック課は奥を見ても対向島型にデスクが四つ並んでいるだけだし、向こう半分の受付テーブルも使わないようであれば、部署としてあまりにも閑散としすぎている。

しかし壁に商品棚が設置され、キャッシャーが二台並ぶとなると、個人的には何となくコンビニを想像してしまう。冬の寒い季節になったらいつの間にかカウンターで「おでん」を売っていました、という展開が完全に否定できないあたりが、とても眞田さんらしいと言うと失礼だろうか。

そんなバカバカしいことを想像していると、最後に森先生が出勤してきた。

「おはよう、マツさん。ショーマは、どうせ昨日の夜から……」

そう言って先生は立ち止まり、まだ何もない商品棚を眺めてから、ゆっくりとカウンターテーブルに視線を移した。

「……おまえ、また冬になったら『おでん』を売りたいと言い出すんじゃないだろうな」

わりと真剣に、薬局でおでんを売ろうとしたことがあるらしい。

この鍛えられた想像力も、そろそろ特殊能力の域に達したのではないだろうか。

「それは考えたけど……社食に大将がいるのに、食い物で勝てるワケないからさ」

理由が少し違う気もするけど、踏み止まってくれて良かった。

「そういうことを言っているのではない。嘔気や嘔吐も含めて、体調の悪い患者さんを前にして『おでん』の匂いは良くない、ということだ」

先生の止める理由も、少しズレている気がしてならなかった。ここが清掃用具などの美化用品を取り扱う会社内であり、さらに医療部署であることを忘れていないだろうか。

「じゃあ、八角(はっかく)を入れなきゃいいのか」

また、話がズレた気がする。

「日本では、おでんに八角を入れるのは一般的ではない」

さらにズレた。

「台湾のコンビニで食べたの、美味しかったんだけどなぁ」

「おまえ。そもそも、料理はまったくできないだろう」

「まぁ、そうなんだけどね」

いつかは「いやいや、違うでしょ！」「八角て！」などと、ふたりの間に平気で入れるツッコミ役になれることを将来の努力目標にしたい。

「それより、マツさん。我々の掃除当番は、いつだろうか」

ようやく先生もジャケットを脱いで長白衣を羽織り、首に聴診器を回して診療体制に入ってくれたので、おでんの話はここで終わりのようだった。

「……当番？」

「え？　いや、みなさんが毎朝やっている、朝の玄関掃除のことだが」

「あぁ。あれは部署の持ち回りですけど、まだ大丈夫ですよ。今は開発本部がやってるので、クリニック課にはしばらく回ってこないと思います」

「そうか……しばらく、できないのか」

なぜそんな寂しそうな顔をするのか分からない。早出の扱いになるので構わないという社員もわずかにいるものの、やりたくない派が大多数の慣習だ。

はじまりは、ライトクが清掃美化に関する商品とサービスを提供する会社であることを周囲に理解してもらうためと、イメージアップが目的だったという話だ。会社の前から始まり、向こう三軒両隣までのゴミ拾いと掃き掃除は当たり前。自社製品の通称「長い便利棒」を使って玄関の窓と壁を水拭きする姿は、確かにいい印象を与えているとは思う。

しかしここ数年は盆栽を趣味にしている人事部長の指導を受けながら、月一回は正面玄関前にある植木と低木の剪定(せんてい)まですることになっている。

正直、社長の交代を機になくなって欲しい慣習の第一位だった。

「もしかして先生、やりたかったんですか？」

「掃除当番など、高校生以来なので」

「リュウさん、それマジで言ってんの？　掃除だよ？」

「少しだけだ。ほんの少しだけ、楽しみにしていたというか……準備していたというか」

いったい何の準備をしていたのか、もの凄く気になっていると。今まで聞いたことのない警告音のような、甲高くて短い音が室内に響いた。

——キュイン、キュイン。

「えっ!?」

しかも室内で赤色灯まで回り始めたのだけど、どこで回っているのか分からない。ともかく壁を窓をドアを、赤いライトが猛スピードで駆け巡っているのだ。

「ショーマ。これは、もう繋がるか？」

「大丈夫だと思うよ」

しかしふたりは視線を交わすと、どこからともなく取り出したインカムを片耳に引っかけた。ライブ会場のスタッフさんたちや、アクション映画でシークレットサービスの人たちが付けている、あの小さなマイク付きの物だ。

「せ、先生……なにが」

「はい、総務部クリニック課の森です。疾患ですか？　外傷ですか？」

そう言いながら先生が指さしたのは、天井。いつの間に取り付けたのか、逆さまになった赤い回転ランプがせわしなく回り続けていた。

もちろんそれを見て驚きはしたけど、意味はまったく分からない。

「な……あの、えっ？　眞田、さん……？」

ふり返ると眞田さんは、今から登山にでも行けそうな――いや、災害派遣に出向けそうなオレンジ色の大きなバックパックをすでに背負っていた。しかもウェストバッグまで腰に巻き付けているあたり、いかにもそれらしく見えてしまう。

「奏己さん。社内救急要請ですよ」

「なんですか、それ」

「各部署の部屋と廊下に、非常ボタンのオレンジ色版みたいなヤツがあるじゃないですか。それを押すと、クリニック課へ繋がるようにしてもらったんです」

「そんなボタン、ありましたっけ……」

「えっ、知りませんでした？」

「……すいません、知りませんでした」

さすがに天井を毎日見ることはないので、気づけなくても仕方ないと自分を納得させた。

しかし勤務歴七年なのだから、せめて廊下にボタンが増えたら気づくべきだと思う。

「あっ。でも救急ボタンの動作確認をしたのは、昨日の夜か」

それは無理、絶対に気づけないと思う。このスピーディーな設置は技術管理部の仕事だろうけど、あまりにも早すぎて追いつけない。

「教えてもらえれば、私も設置に立ち会ったんですけど……」

「いやぁ。女性に夜間の超勤はさせられないって、リュウさんが」

「……お気使い、ありがとうございます」

少し落胆しながら動揺している間に、救急要請の連絡は終わっていた。

「ショーマ。二十六歳女性、二階の法務部で床へ崩れるように倒れて、意識消失。すぐに意識は戻って今は座位を維持できているが、会話が少しぼんやりしたままらしい。目立った外傷や痛みなし、呼吸は安定。既往歴（きおうれき）や内服は不明だ」

「了解（コピー）」

「その場で末梢静脈（ルート）を確保するか、ここへ連れ帰るか……担架（ストレッチャー）もあるな？」

「折り畳み式、あるよー」

森先生はあれこれ指示を出しながら、ポーチのたくさん付いた砂漠色のベストを白衣の上に重ねて着た。きっとそれぞれの中には、処置などに必要な物が入っているのだろう。胸元に付けられた小型ポーチからは、ハサミの持ち手部分がのぞいている。

しかし白衣を着ていなかったら、このまま戦場に飛び出して行っても不思議ではないほど、タクティカルな雰囲気に満ち満ちたそのベスト。それがクリニック課の備品なのか先生の私物なのかが気になるあたり、まだ総務課のクセが抜けていないようだった。

「では、マツさん――」

「はい！」

「――行ってくるので、留守番をよろしく。困ったことがあれば、俺のスマホを鳴らしてもらっていい。何か心配なことは？」

「あ、あの――あれはどうしましょう！」

他に聞くことはなかったのだろうかと、自分でも呆れてしまう。

しかし、回り続けている天井の回転ランプの消し方が気になって仕方なかった。ひとり取り残された室内で回る赤色灯に曝され続けるのも嫌だったし、そこへやって来た患者さんがどんな顔をするのか簡単に想像できるのも嫌だった。

「そうか、教えていなかったな」

これまたいつの間にか、防犯ボタンのようなものが受付カウンターの裏に取り付けられていたらしい。先生がするりと手を伸ばすと、何事もなかったようにランプは止まった。

「では」

「行ってくるねー」

「行ってらっしゃいませ！」

ふたりが出て行くとすぐ入れ替わるように、珍しく朝からひとりの男性が姿を現した。

やはり回転ランプを消してもらっておいて、大正解だ。

「はい、総務部クリニック課です！　今日はどうされましたか!?」

「……どうしたんです？　始業前から、ずいぶん慌ただしいですけど」

そこに立っていたのは、朝から爽やかで肌つやの良すぎる好青年、生田さんだった。

「あ、すいません。なんでもない――こともないんですけど、先ほど社内救急要請のボタンが押されましてて」

「あのボタン、もう稼働してたんですか。救急隊員みたいで大変そうですけど、社員としてはすごく安心できて助かりますよね」

入社二年目の生田さんですら、救急要請ボタンの存在を知っていたらしい。

言われてみればトイレの個室にも、ボタンが取り付けられそうな見慣れない仮プレートが増えていたような気がしないでもない。そこには細かい調整や設定ができる温水洗浄便座の壁掛け用リモコンが付くものだと、勝手に思い込んでいた自分が恥ずかしい。

「それで……生田さんは、どうされたんですか？」

なぜか、ちらりと周囲を見渡した生田さん。

「今、松久さんだけですよね？」

「ですね……はい」

このやり取りだけで膀胱に刺激が走るのは、さすがに何とかしたい。

もちろん今の場合、自分ひとりで留守番中なので何の対応もできない、という緊張もある。しかし同時に、自分にだけ用があって来たのではないかという、自意識過剰な緊張も並走しているから手に負えない。

とはいえ、これも先生が説明してくれた「交感神経刺激」による心身反応だ。自分の体の性格なのだから、自分が受け入れてやらなくてどうする——そう思えるようになったことが、ここ数年で一番の精神的成長と言えるかもしれない。少なくとも今は、こっそりハンカチを取り出して握るだけで何とかなると思う。

「ちょうどよかった。ご相談がありまして」

「私にデスカ？」

緊張のせいで、発音までおかしくなってしまった。

「できれば、松久さんに」

「先生に、ではなく？」

「それが……ぼくのことじゃなく、部長のことなので」

営業企画部の部長といえば――バブル世代最後の生き残りで、社内でも有名な嶋原泉司さん、五十四歳。第二営業部にいた頃は、叩き上げの凄腕営業マンだったらしい。第一営業部より圧倒的に予算が多いのも、通りそうにない領収書がなぜか経理で受理されるのも、すべて嶋原さんのお陰だとまで言われていた。

その歴戦の功績を買われた結果。数年前に部長として営業企画部へ異動になったものの、企画という文字が付く別部署だけあって勝手が違ったのかもしれない。あるいはまだ「飲みニケーション」を文化遺産のように大切にしていることが原因なのかもしれない。

しかしジェネレーション・ギャップが埋められないのは仕方ないにせよ、この御時世に、「オレの背中を見て学べ」のスタンスは評判が悪かった。マニュアルに頼るな、臨機応変に、と言えば聞こえはいいけど、要は経験則で動けということ。部下の育て方や部署の管理方針、果てはネットリテラシーの欠如からモラルハザードまで、どうしても古き昭和の時代から抜け出せていないのだという。

ともかく残念だけど、今では絶滅希望種と疎まれる存在になってしまった人――それが営業企画部の部長で生田さんの上司、嶋原さんだ。

「ホントに、私でいいんですか？」

「すみません。相談って言うと、ちょっと大袈裟でしたね。松久さんはクリニック課の方ですし……思ってたより身近な人だったので、ちょっと聞いてみようかなって感じで」

「じゃあ……私で、よければ」

入社から七年間も可能な限り静かに生きてきたというのに、いきなり「身近な人」に昇格するとは思いもしなかった。クリニック課の受付というこのポジションは想定していた以上に危険な業務かもしれないと、今ごろになって怖くなってくる。

でも、これこそが気軽に相談できる場所——すべての人にとって必要な場所の、在るべき姿なのかもしれない。今こそクリニック課の受付が、その窓口になるべき時なのだ。

「実は、ちょっと言いにくい内容なんですけど——」

それを聞いて真っ先に思いついたのは、生田さんが自らのストレス源に気づいたのかもしれない、ということだった。心身症状の引き金について、談話室では何も思いつかないと真顔で言っていた。しかしあれからゆっくり考えてみたら、やはり嶋原部長以外はあり得なかった。そう気づいた可能性は非常に高いだろう。

「——口臭(こうしゅう)って、医学的に治せるんですか？」

全然違った。

生田さんは体裁悪そうに髪をかき上げているけど、こちらはそれどころではない。質問が想定の範囲外すぎて、思考がまったく追いつかないのだ。

「……はい？」

「ほら。ウェブ広告とかでも『口臭は〜』とか、よく見かけるじゃないですか」

「まぁ、はい……」

「あれって、どうなのかなと思って」

「なるほど、そうですか……広告ですからね」

理解力と推察力が足りなくて本当に申し訳ないけれど、生田さんが何を伝えたいのか真剣に分からなくて困ってしまう。

おまけに生田さんも言いづらいのだろう。何でもスラスラ流れるように話せる人だとばかり思っていたのに、もう一度髪をかき上げながら言葉を選んでいる。

「昔から第二営業部の人たちの間でも有名だったって、先輩から聞いたんですよ」

「まぁ、いろいろ有名な方だったらしいですよね」

「えーっと……そういう意味じゃなくて」

「……はい？」

「ですから……あんな感じの人ですけど、結構いい人なんです。ぼくなんかにも、ちゃんと営業マンとしてのトレーニングをしてくださるし」

さらに理解が難しくなるので、時系列は変えずに話して欲しかった。

現時点でまとめると。嶋原さんは第二営業部でも有名だったけど、今はそういう意味の話ではない。実は結構いい人で、生田さんの面倒を見てくれている。それらの事実と口臭の広告が、いったいどういう関係に――。

「――えっ！　もしかして相談って!?」

「それなのに嶋原部長、ずいぶんあれで損してると思うんですよ」

「あれ、というのは……」

「だから、口臭です」

心臓が握りしめられて、中の血液が全部絞り出されるほどの衝撃を受けた。

もちろん「嶋原部長の口臭がキツい」ということに対してではない。

この世の中には他人の口臭を侮蔑や嘲笑ではなく心配する人がいる、ということが信じられなかった。もっと言えば、なぜそこまで他人の――しかも自分の上司で、もしかすると心身症状の引き金になっているかもしれない人の心配をするのか理解できなかった。

「それは……一緒に働く生田さんが辛い、ということではなくて？」

「違います、違います。気にはなりますけど、個人差の範囲だと思っているので」

「じゃあ、なんで……」

口臭や体臭など、家族や親しい仲ですら気を使うデリケートな話題。まさかそこへ自ら首を突っ込もうとする人がいるとは、想定の範囲外にもほどがある。

「だってぼく、嶋原部長の直属の部下なんですよ？　それなのに、知ってて知らん顔するのって……なんだか、毎日イヤだったんですよね」

生田さんの言葉は、意図せず心のやわらかい場所に突き刺さった。

――知らぬ存ぜぬ、沈黙の安泰。

不意に思い出したのは、いつか駅のホームで見かけた通勤女性の後ろ姿。どうしてあの時、スカートのファスナーが下がっていると教えてあげなかったのだろうか。どうして「きっと誰かが教えてあげるだろう」と思ったのだろうか。今でも似たような女性の後ろ姿を見かけると、あの時の情けなさと恥ずかしさが蘇ってトイレに行きたくなってしまう。

生田さんは、それをしたくないと言っているのだ。

「わ……かりました。ちょっと、先生に聞いてみますね」

「なんか、ホントすいません。自分のことでもないし、病気のことでもないし……それで受診して診察枠を埋めるのは、森課長にも他の患者さんにも悪いような気がして」

そこまで混むことはないし、そんなことを先生が気にするとは思えない。むしろ相談されて喜ぶだろうし、受診しなくても受付カウンターで雑談交じりに聞けばいい。

ただ生田さんの方が、そういうことを気にする人なのだ。だから過敏性腸症候群のような、デリケートな心身症状が出るのかもしれない。

「ちょっとズルい気がしたんですけど、まず松久さんに聞いてみようかなと」

「全然、それでよかったと思います――」

次の言葉を口にしてしまうと、自分が後戻りできなくなるのは分かっていた。

七年間も続けてきた「事なかれ主義」は、緩やかに不可逆の崩壊を始めるだろう。そしてそれに呼応するように、入社してから初めて感じた所属部署への帰属意識は、次第に大きくなっていくに違いない。

それでも、胸を張ってこう言ってみたかった。

「――私、クリニック課の受付ですから」

ありきたりなそのひとことで、こんなにも心が清々しくなったのは意外だった。このことを誰かに話しても、どこに共感していいのか分からなくて困るだろう。

でもこのひとことは、自ら積極的に他人と関わることへの第一歩。大袈裟だと笑われるかもしれないけど、すべてを引き気味に生きてきた人間にとっては大きな一歩なのだ。

「ありがとうございます」

「いえ。まだ、何もしてませんから」

「あっ、始業時間すぎてましたね。それじゃ、失礼します」

生田さんは再び笑顔を浮かべて、クリニック課を出て行った。

その後ろ姿を見送りながら、肩から力が抜けていくのを感じる。この緊張で、よくぞトイレに駆け込まずに済んだものだと褒めてやりたい。もちろん普通の人は、こんなことぐらいで緊張などしないのだけれども。

「あれ？　今の、晃平くんでしょ」

「ん？　マツさん、生田さんが何か？」

入れ替わるように、今度は先生と眞田さんが救急要請から戻って来た。

「それは、あとでお話ししますけど……法務部の女性は、大丈夫だったんですか？」

「大丈夫だ、問題ない。脳循環不全（のうじゅんかんふぜん）——俗に言う、脳から血の気が引いていく『脳貧血』に、軽い脱水と低血糖が重なって倒れただけだと思われる。ただ念のため、後ほど脳波と頭部ＭＲＩはチェックさせてもらうことにした」

「忙しいのは分かるけどさ。朝の水分と糖分って、わりと大事なんだよねぇ」

「ジュース一本飲むだけで、だいぶ違うのだが……その点、マツさんは大丈夫だろうか」

「何がですか？」

もの凄いスピードで、森先生の視線が全身をボディ・スキャンしてきた。

「おそらく目視（もくし）で、マツさんの体格指数（ＢＭＩ）は20前後」

「はっ⁉」

信じられないことに、去年の健康診断でＢＭＩは21だったのだ。

社員の健診データまで見ることができるのかと一瞬疑ったけど、あれは外部委託のはず。

すると森先生は、ぱっと見で相手の身長と体重をほぼ言い当てられるということだ。

「決してダイエットなど、しないように」

真顔でダイエットを「するな」と言われたのは、生まれて初めてかもしれない。

しかしそんな先生に対して、眞田さんはかなり慌てていた。

「ちょっ、リュウさん。それ、一発退場のレッドカード発言だわ」

「なぜ？」

「ていうか、ほぼハラスメントだからね？」

「嫌がらせ（ハラスメント）？　今のどれが？　どのように？」

真剣に気がついていないようだった。先生にとって女性の——正確には女性の患者さんの体重を知ることは診療の一部であり、日常的な何でもないことなのかもしれない。

「もー、いつもこれだよ……ごめんね、奏己さん。この人、悪気はないんだけどさ」

「い、いえいえ。ちょっと、ビックリしただけですから」

とはいえ。やはり森先生は、誰かのサポートがないと真価が発揮できないタイプの人に思えてならない。すべてがこの調子では意図しない失言の連発となり、クレームの嵐となっていたはずだ。

ならば今まで、誰か先生の診療をサポートしてきたマネージャーか相方のような人——たとえば看護師さんとか、それこそ医療事務さんとか——そういう「世話焼き係」のような人がいるのではないかと、ついつい疑ってしまう。

かといって職種的に、そばで眞田さんがずっと面倒をみてきたとは考えにくい。

そこで急浮上してくるのが、この前ちょっと小耳に挟んだ「タマキさん」と「ミチヨさん」という存在。もしそうだとしたら、眞田さんとの関係は——。

「それより、マッツさん」

「は、はい！」

想像するのは楽しいけれど。時と場所を選んで、ほどほどに。

「生田さんは」

「リュウさん、待って待って。この話、終わらせるつもり？」

「マッツさんがダイエットをするとむしろ不健康になる、という結論が出たのでは？」

毅然（きぜん）とした態度というより、顔に「おまえは何を言っているんだ」と書いてあった。

やれやれと首を振りながら、大きなバックパックを片付けに行ってしまった眞田さん。

しかし先生は、砂漠色の戦闘ベストを脱ぎ忘れている気がしてならなかった。

「申し訳ない。ショーマは少し、気にしすぎるところがあって」

「そ、そうですね。眞田さんは気配りの人、みたいですから」

「それで生田さんは、何と？」

やはり着ていることすら忘れているようで、そのままイスを引いて座ってしまった。

「それがですね——」

なんとなく、それが森先生なのだと思えるようになったのも不思議な感覚だけど。これも帰属意識によるものかもしれない。

そうして人は俗に言う「居場所」を見つけるのかもしれないと思った。

▽　▽　▽

クリニック課のドアを開けてすぐにあるのが、受付カウンター。

当たり前だけどそこに座っているのは受付事務のはずなのに、なぜか今日は隣に白衣姿の森先生が並んで座っている。

「マツさん」

「はい」

そして今日に限ってメガネをかけ、もの凄い勢いでノートパソコンのキーボードを叩いているのはなぜだろうか。

「マツさんは、いい匂いがしますね」

「なっ――んで、ありがとうございます」

相変わらず、会話の投げかけられる角度が急すぎて困る。

とはいえ、嫌でも自分の口臭や体臭が気になってしまったのも事実だった。

だからといって浴びるように香水を振りかけるのは問題があるだろうし、自分自身もデパートの化粧品フロアの匂いは苦手だ。そもそも、香水を最後に買ったのが何年前なのかすら思い出せない始末。慌てて仕事帰りに駆け込んだショップで親切なお姉さんにオーガニック系のマイルドなものを選んでもらい、今朝は指示された通りにそれを空中にシュッとひと吹きして中をくぐって来た。

そんな些細なことに気づいてもらえるとは、想定の範囲外でわりと嬉しかった。

「しかしこのアイデア、よく考えてある」

「や、これはショップの人に選んでもらったもので……自分で考えたわけでは」

「……ショップ？」

「えっ？　あ、口腔ケアについてですか？」

「わかった。別の話にしよう」

「いえいえ、とんでもないです」

勝手に他人事(ひとごと)の心配をして、何かいい解決方法はないかと考え、自分ならこうやってみる——と脳内で完結させて終わる作業は、趣味なので慣れていた。

しかし実際にそれを、誰かに伝えたり行動に移したりしたことは一度もない。そんなことをすれば「出る杭」として目立ってしまい、いつ「打たれる」か分かったものではない。ましてやその提案に乗った相手が失敗すれば、余計なアドバイスをしたことになる。

特に今回は「どうやって自分の口臭に気づかせるか」という、非常にハードな問題。しかも相手は営業企画部の部長であり、普通に考えれば無理ゲー。ましてや死にゲーとも違い、失敗した場所から何度もリトライして解決方法を探すことはできない。

それでもクリニック課の受付として引き受けたという妙な高揚感と共に考え続けた結果、口臭も含めた【口腔ケア】としてアプローチするのはどうかと思いついたのだった。

「人はピンポイントで口臭を指摘されると、非常に抵抗を感じるだろう。そこを『口腔ケア』と表現すれば響きもマイルドになり、アドバイスに耳を傾けてくれる可能性も上がるはず。アプローチの第一段階として、これは非常に優れていると俺は思う」

「あ、ありがとうございます」

「どういたしまして」

先生の受け答えがズレるのにも少しずつ慣れてきた、つもりでいた。もしかすると英会話で習った「Thank you（ありがとう）」に対する典型的な返答「You're welcome（どういたしまして）」ではないかと推測する余裕さえある、つもりでいた。

しかし今日は、その思い上がりを思い切り打ち砕かれていた。

「じゃあ、問題は……だい、第二段階……ですよね」

先生のキーボードを打つ手が気になって仕方ない。

口臭という言葉の耳触りをマイルドにすることができたとしても、次はそれを「嶋原部長に伝える」という、激しく高いハードルが待ち構えているのだ。

「そこは第三（さん）商品開発部の方たちが運用している、この『プッシュ通知アプリ』が解決してくれるのではないだろうか」

手の動きが気になって、話が入って来ない。なぜ話しながらその動きができるのか、どうしても理解できない。もしかすると、人ならざる者ではないのかとすら思ってしまう。

しかし、ともかく今は話に集中しなくては失礼だ。

「し、嶋原部長も……それを開いて見てくれると、いいんですけど」

社内の個人用端末に強制インストールされている自社製のプッシュ通知アプリを介して、先生は【口腔ケアに関するQ＆A】を流すことにした。つまり社員全員のモニターと社用のスマホに、クリニック課からのお知らせがバナー通知されるのだ。

「バナーは社内メールより目に付きやすく、埋もれにくいので大丈夫だと思う」

「……ですよね」

それを開くと、先生の考えた「お口のトラブル」が一問一答式でいくつか読めるようになっている。その中のひとつに「Q：口臭で悩んでいますが、医学的に正しい解消方法はありますか？」という項目が、最初の方に混ぜてある。あとはそれを嶋原部長が見て、ちょっとやってみるかと思ってくれたらミッションは達成したも同然だ。

「そのために、なるべく人目を惹くようなタイトルも考えたことだし」

「……でした、ね」

そんなことも次第にどうでもよくなってきたので、大変申し訳ないけど限界だと思う。

どう考えても、これは異常な動きとしか言いようがない。

「あ……あの、先生？」

「ん？」

「すいません……その前に、ちょっとお伺いしてもいいですか？」

「我々はチームだ。何でも気軽に聞いて欲しい」

そう言いながらも、キーボードを叩く先生の指は止まらない。

「モニターから目を離してこっちを向いたまま、なんでキーボードが打てるんですか？」

「……ん？」

「ほら、今も」

さっきから先生は、ずっとこちらを向いたまま話している。なのに首から下は、まるで別制御のようにキーボードを勝手に叩き続けていたのだ。しかもどうやって気づいているのか、削除（デリート）キーを連打してタイプミスを打ち直しているのも確認済み。知っている範囲でのタッチタイピングとは、モニターから目を離してキーを打つことではない。

「人と話をする時は、目を見て話さないと失礼だから」

「違う違う、そうじゃなくて」

勢いでツッコミを入れてしまい、耳までまっ赤になっていくのが分かった。

馴れ馴れしいにも程がある。同じ部署になって、まだ一ヶ月も経っていない。しかも相手は課長で医師、こちらは素人同然のなりたて医療事務。最終的にはそういうツッコミができるように馴染めればいいなとは思っていたものの、これはあまりにも時期尚早。

そもそも、こんなツッコミをするタイプの人間ではなかったはずだ。

「ふふっ――」

「す、すいません……先生に失礼なことを」

「――俺はマツさんのことを全然知らないが、とてもマツさんらしくていいと思った。見えないハードルが下がったようで嬉しいので、特に謝る必要はないのでは？」

「や、違うんです。いつもはこういう感じの人間じゃなくて、今日はちょっと」

「この場合、違うということはあり得ないだろう」

「え……？」

森先生は珍しく笑顔を浮かべながらも、やはりキーボードは叩き続けていた。

「なぜならこれは俺がいいと思った主観であり、マツさんの経緯や他人の評価などはまったく関係ない。たとえ親切に誰かがマツさんの人柄を吹聴してくれたとしても、参考程度以上のものにはなり得ない。同様に本人が『違うんです』と否定したところで俺にはそう感じられたのだから、残念ながらそれも参考程度にしか受け取ることはできない」

なんとなく言いくるめられたようで次第に意味も曖昧になってきたけど、少なくとも先生としては「悪い印象ではなかった」ということだと判断したい。

「あ、ありがとう……ございます？」

「どういたしまして」

こちらを向いてそう言いながらも、やはり両手はキーボードを叩き続けている。

露骨にチラチラと手元を見てしまったせいか、先生もようやく気づいてくれた。

「あぁ。気にしていたのは、このメガネか」

危うくもう一度「違う、そうじゃない」と言うところだったけど、先生はようやくキーボードを打つ手を止めて見慣れないメガネを外してくれた。

「まぁ、メガネも……なんで今日に限ってと、気にはなっていましたけど」

「これは、スマートグラス。簡単に言うと、身に付ける小型機器（ウェアラブルガジェット）だ」

「スマートグラス……？」

その単語には、わずかに聞き覚えがあった。たしか社内回診の初日、第三商品開発部に入った眞田さんがすぐに取り囲まれて、羨ましがられていた時に聞いた気がする。

「ちなみに今は、手元のノートパソコンのモニターが映し出されている。なのでタッチタイピングではあるが、厳密にはモニターからは目を離していない」

「なるほど。それでこっちを向いたままでも、キーボードが打てたんですね？」

「ほら、見てごらん」

「アー――ッ！」

真正面からメガネをかけてもらうことなど、老眼鏡を買う歳になって眼鏡屋さんに行くまで絶対にないと思っていた。ましてやフレームや鼻あての位置を直す必要がないほど一発でフィットさせてくれるとは、どういったテクニックなのだろうか。

ざわついて熱くなった耳の付け根は、きっとしばらく元に戻らないだろう。

「今日はショーマのお古を借りたのだが、これはモニター画像やカメラ動画とリンクして映し出すことに特化している物らしい」

どういう仕掛けなのか分からないけど、先生の顔を避けた位置にノートパソコンのウィンドウが開いており、かなり大きく鮮明に見えるので内容まで読めてしまった。

【クリニック課からのQ＆A　～口臭の面前で～】

そのタイトルセンスに関しては、さておき。

どうやら先生は、このプッシュ通知を見てコメントや質問をしてきた社員全員に対して返信をしていたようだった。

「さっきから、ずっとこれを？」

「やはり皆さん、口腔ケアには興味があったようで。その中でも、口臭予防に関しての問い合わせが一番多い。一生懸命、タイトルを考えた甲斐があったというものだ」

そのタイトルセンスに関しては、さておき。

よそ見タイピングの謎は解けたものの、あんな話をしながら返信もこなしていたということは、脳でふたつの思考処理が同時に行われていたということになる。それに加えてキーボードを打つ動作処理が、また別系統で並走していたのだ。

脈々と言い伝えられてきた「人間は脳を１００％使えていない」という神話がほぼ否定されてしまい、言い訳にも使えなくなってしまった現代。目で見たものすべてを瞬時に覚えてしまう能力といい、超えられそうにない先生との人間的なスペックの違いはどこから生まれるのか不思議でならない。

それでも一番些細な疑問は、最後まで解決されないままだった。

「もうひとつだけ、いいですか？」

「どうぞ。なんでも聞いて欲しい」

「あの……なんでその作業を、受付で？」

「今日はマツさんに、口腔ケアの説明をしたいと思ったので」

「私に？」

「マツさんは受付だから」

それはお昼の空いた時間にでも、と言いかけて飲み込んだ。

受付でいつ患者さんに聞かれてもいいように、早く教えた方がいいと先生は考えてくれたのかもしれない。そのために朝から受付に並んで座り、配信したプッシュ通知への問い合わせに返信しながら説明するためだけにスマートグラスをかけ、機械仕掛けのようにキーボードを叩いていたのだろうか。

もちろんこれは自意識過剰な想像なので、事実とは違うと思う。

でも勝手にそう考えるだけで、十分に嬉しかった。

「なんか、すいません……お手数をおかけしまして」

「それより。これだけ返信はあるのに、なぜ受診する人がゼロなのか分からないのだが」

ちょっといい話は、もう終わってしまったらしい。

しかも厳密には「クリニック課を訪れている人」は、ゼロではない。

そこへタイミングを見計らったように顔を覗かせたのは、また女性社員だった。

「あのー、すいません。ここ、クリニック課……で、いいんですよね？」

始業からわずか一時間で、すでに四人目。思わず起立してしまうのも、これで四度目だ。

「はい、総務部クリニック課です！」

「プッシュ通知にあった『実証済み！　激落ち100円歯ブラシ』ってあります？」

「おはようございまーす、薬局課の眞田でーす。あの歯ブラシをお探しですか？」

すっと受付に出てきた眞田さんが、隣のカウンターに女性を吸い寄せてしまった。

どうやら眞田さんも返信作業を手伝っていたようなのだけど、何をどう書けばこれだけ立て続けに社員――特に女性社員を呼ぶことができるのか不思議でならない。

「あれって、ホントなんですか？」

「ホントですよ。歯医者さんで赤い色素を塗って、ブラッシングの磨き残しを確認するじゃないですか。この雑貨検証系雑誌でも、あれで№1（ナンバーワン）になったヤツですから」

カウンター越しに広げた雑誌を挟んで額を近づける姿は、カフェの恋人同士かという距離感。さすが学生時代に、バイトでホストをしていただけのことはある。

「ホントだ。えーっ、100円なのに？」

「マジで落ちるんですって。ちなみに社割50％ですから、50円ですよ？」

「うっそ、どれ？」

女性社員さんは、もうすでにタメ口（ぐち）になっていた。下げられた眞田さんのハードルをひょいと越えて懐に入ってしまい、すでに何かを見切られているかもしれない。

するりとカウンターから出た眞田さんは、少しずつ商品で埋まり始めた「ショーマ・ベストセレクション」の前に女性をエスコートしながら説明を始めた。

「口腔ケアってまずは虫歯と歯周病がないか、歯医者さんでチェックしてもらうことから始まるんスよ」

「歯周病ってよく聞くけど、あれ何なの？　病気なの？」

「歯ぐきの病気ですね。色んな理由で歯ぐきが炎症を起こし始めた『歯肉炎』からスタートして、炎症が悪くなっていくと歯と歯ぐきの間の歯周ポケットが広がり始める『歯周炎』になって、このあたりから『口臭』もキツくなるらしいんスよ」

「えー、ヤだそれ。てか、なんでそんなに詳しいの？　歯医者さんなの？」

「いやいや、薬剤師ですって。アチコチ転々としてるうちに、詳しくなっただけっスよ」

「ウチに来る前は、どこに勤めてたの？」

すでに会話の方向が曲がりすぎて、ホストクラブのラウンジみたいになっている。もちろん行ったことがないので、想像でしかない。

「けど口臭って、結局は毎日のお手入れで予防できるらしいですからね。女性にとってはスキンケアの延長線上にあるものと考えれば、わりと抵抗ないんじゃないスか？」

「どうすんの？　クリームでも塗るの？」

「まさか。歯間ブラシやデンタル糸ようじ（フロス）で、歯垢（プラーク）を取る。舌に白い膜みたいなヤツが付いてたら、舌用のブラシで軽くこすり取る」

「あっ。ベロの白いやつ、見たことあるかも。あれを取るブラシって、あるんだ」

すかさず眞田さんは、棚から商品をひとつ取って女性に手渡した。

「これ、舌（ぜつ）ブラシで一番柔らかいヤツです。あんまり毎日ゴシゴシやったら舌が傷ついて逆効果らしいんで、週に二、三回で十分らしいですよ」

「へーっ」

逆三角形のブラシヘッドを珍しそうに眺めている女性に何を感じ取ったのか、眞田さんはたたみかけるように黒と紫にデザインされた別商品のパッケージを手渡した。

「フロスならこれがオススメですね。歯ぐきより下に入っても痛くないですし、水分や摩擦で384本の繊維がフワッと広がるように加工されてるのが特徴です」

「へーっ」

「しかもこれ、イタリアのミラノ産なんですよ」

「えっ、イタリア製のデンタルケア用品⁉」

「機能がいいのはもちろんですけど、なんか持ってるだけで気分的に良くないですか？」

「でも、お高いんでしょ？」

「今ならなんと、社割で一個340円。1メートル換算だと、7円です」

にこっと笑う眞田さんが、さらに商品価値を高めている気がする。

ネット通販は服を探すのも買うのも楽で便利だけど、ショップで買う時のあの妙な「アゲられた感じ」は決して味わえない。もちろん接客術だと分かっているし、声をかけないで欲しい時の方が圧倒的に多い。でも年に数回ぐらいは量販店以外のショップを覗いてみようかな、という気持ちになる理由は「アゲられた感じ」への渇望だと思う。

「あとは残すところ、喉の奥と扁桃腺のお掃除ですね。けどまさかゴシゴシ擦るワケにもいかないんで、よく見るこの茶色い『ポビドンヨード』成分のうがい薬で」

「あー、そうきたかー。それ、味と臭いが苦手なんだよね。ミントが入った『お口くちゅくちゅ』のヤツじゃ、ダメ？」

「成分にセチルピリジニウム塩化物水和物が入ってれば、何でもいいですよ。ただ、口に含んでグジュグジュするだけじゃなくて、扁桃腺や口蓋垂（ノドチンコ）まで届くようにガラガラうがいしてくださいよ？」

「いやいや。それ、ムリじゃない？　あれでうがいしたらノドの奥がスースーヒリヒリしすぎて、めっちゃムセるでしょ」

「茶色のうがい薬で有名な会社が作ったヤツがありますけど、試してみます？」

「そんなのまであるんだ。ここ、何屋さんなの？　歯医者さんの受付なの？」

「ははっ。これからはもっと、社員さんのニーズに応えていきたいと思ってますんで」

どうやら眞田さんは、棚の一角を口腔ケア用品に決めたらしい。残りの空いているスペースが、どんな商品で埋められていくのか楽しみになってきた。

「えーっと、待ってよ？　結局……歯医者に行って、ハミガキして、歯間ブラシと舌ブラシで掃除して、うがいするんだよね？」

「ですね」

「そっか……やっぱ口臭予防って、簡単にはいかないんだね」

「けど『これを飲むだけで〜』とか『たった○回で〜』とかの広告ってあるじゃないです

か。あれでうまくいったことあります？」

「……まぁ、ないよね」

「口腔ケアって、要は口の中の構造物を全部掃除することですから」

「年一回だけ大掃除ってワケには、いかないか……」

「ほら。それこそ、スキンケアと一緒じゃないスか。継続は力なりってヤツですよ」

女性社員さんはもの凄く納得した顔で、全四品をお買い上げになって出て行かれた。きっと明日からトイレの洗面台で、あのイタリア製フロスを見せつけるように使うだろう。

「おだいじになさいませー」

妙な口調でお客様のお見送りまで完璧にこなしている眞田さんの姿を、スマートグラス越しに眺めたまま。先生の首から下は、相変わらずキーボードを打ち続けていた。

「なに、リュウさん。オレの説明、間違ってた？」

「いや。医学的には、まったく問題ない」

「よかった。教えてくれた本人がいる前で間違うの、めちゃくちゃ恥ずかしいからさ」

どうやら眞田さんの知識は、先生からの受け売りらしい。

お寺の小僧さんも習っていないお経をいつの間にか読めるようになるというぐらいなのだから、もしかするとあれぐらい人に説明できるようになれるチャンスかもしれない。

「ただ、ひとつ問題があるとしたら――」

「えぇっ、問題あるじゃんか！　どこ間違ってたのよ⁉」

「――薬局課にはもう四人も来ているのに、クリニック課の受診はゼロということだ」

それは問題があるというよりも、納得がいかないという顔だった。先生は元々あまり表情が豊かではないけれど、それぐらいの変化は分かるようになってきた。

「なにそれ、別にいいじゃん。さっきから、めちゃくちゃ返信してるんだし」

「ニュアンスの問題もあるので、できれば直接お話ししたい」

「確かにリュウさんの文章って、論文かよって思うぐらい堅いもんなぁ」

「おまえがいつもそう言うから、配信タイトルはとてもキャッチーにしたつもりだが？」

「……あれがマズかったんじゃないの？」

「は？　好評だが？」

また少し先生の表情が変わったものの、厳密には眉がわずかに動いただけだ。

「誰から？」

「マツさんだが？」

眞田さんが、可哀想な生き物を見るような目でこちらを見ている。きっと分かってもらえていると思うけど、選択肢は「褒める」しかないのだ。

「まぁ、いいじゃん。このプロジェクトって、嶋原部長にヒットすればいいんでしょ？」

「その嶋原部長からは、何の反応もない」

「そもそもあの人、プッシュ通知を開いてんのかね」

「開いたかどうか、分かるのか？」

するっと眞田さんが先生との間に入ってきて横からパソコンを操作するものだから、これだけ空間が有り余っているのに、クリニック課の一部だけ異常に人口密度が高くなっている。少し前なら「密」だと指摘が入り、透明な仕切り板でも挟まれたことだろう。

そして案の定、眞田さんもいい匂いがするから困る。

「あー。嶋田部長、開いてないじゃん」

「そうか。ただまぁ、始業からまだ一時間だからな」

そんな密な状態でひとつのモニターを囲んでいると、再び入り口のドアが開いた。

しかし残念ながら顔をのぞかせたのは、また女性社員だった。

「あの……イタリア製のフロスって、まだありますか？」

「おはようございまーす、薬局課の眞田でーす。あのフロスをお探しですか？」

こうして一日が過ぎ、ひとつだけ分かったことがある。

それは、興味のない人間の目を惹くことは不可能に近いということ。

結局、嶋原部長はプッシュ通知を開くことなく削除してしまったのだった。

少しずつ増えてきたとはいえ、クリニック課を受診する患者さんは多くて一日に数人。しかしよく考えてみれば、それは当たり前のことだ。ここに診察待ちがずらりと並ぶようでは、病人だらけの職場ってどんな職場だよ、とツッコミを入れられてしまうだろう。

「高野さーん、お待たせしました――」

医療事務講習会の一コマで「ともかく再診させて再診料を取る、受付でも検査を勧める、打てる予防接種は全部勧める、市区町村の健診を勧める、盛れる算定項目は盛れるだけ盛る。開業クリニックでは、それを強いられるだろう」と、やさぐれて吐き捨てるように教えてくれたことを思い出した。

そして診療報酬請求業務では「査定で切られない、返戻を減らす」医療事務こそが求められている人材だと、拳を握りながら独裁者の演説みたいに語っていたことがとても印象的だったのを覚えている。

残念ながら、どれもこのクリニック課には不要なものだった。

「――それでは、10円のお返しと明細書です。月締めの経費を提出する際に、あわせて経理部にご提出ください。個人負担の半額が、翌月に……戻って、来ますけど」

▽　▽　▽

どこか、説明に分かりにくいところがあったのだろうか。同じ総務課で姐さん的存在だった勤務歴十二年目の高野さんに、処方箋を受け取ったまま見つめられてしまった。

「松久さん。ずいぶん印象が変わったね」

「え？　そうですか？」

「前は小魚みたいに、何かあったらすぐ水草の隅に隠れてたじゃない？　それが今じゃあ、ビシーッと背すじを伸ばして受付をやってるんだもんね」

さすがに物陰に隠れたことはないけど、必死に気配を殺していたのはバレていたらしい。

「あ、ありがとうございます。こちらは処方箋です。薬局窓口はこのフロアにあった、元サーバールームなんですけど……ご存じですよね？」

「へぇ。あそこを薬局にしたんだ」

「薬局課自体は、ここに併設されてるんですけど。薬剤の保管には、セキュリティ的にあそこがちょうどいいらしいんです」

高野さんはお釣りを財布に入れると、処方箋を折り畳みながらため息をついた。

「けどさぁ。この花粉症の薬、今まで近所の病院では絶っっっ対に二週間以上は出してくれなかったのにさぁ。森先生、フツーに一ヶ月分出してくれるのは何なの？」

「あー、処方日数ですか……」

内服量の調整や副反応の経過観察が必要なくなれば、抗生剤や処方日数に制限のある薬剤以外は一ヶ月以上でも処方はできる。それを頑なに二週間で出す理由は、再診回数＝再診料を増やすためであることが多いという噂だった。

つまり森先生は、再診料を稼ぐつもりはまったくないということだ。

「こっちは働いてんだよ？　そんなに病院、行けないっての」

「ですよね」

「それにさ――」

受付カウンターに片肘を乗せて、高野さんはいつものトークモードに入ってしまった。

もちろんこれを聞くのも、受付の大事な仕事のひとつ。もしかすると、ここから何か高野さんに関する大切なことに気づくかもしれないのだから。

「――前に、あの医者。飲んでた花粉症の薬が効かないから、課長が飲んでるヤツを伝えて変えてくれって頼んだら『それはうちでは出せない薬だ』って断ったんだよ？」

「……出せない？　花粉症の薬、ですよね」

「おかしくない？　そのあと粘ったら渋々『特別だから』って出してくれたんだけど、それフツーにドラッグストアでも売ってるんだよね。ぜんぜん特別じゃないんだよね」

「あー、はい……なるほど」

「それで、せっかくだから森先生に聞いてみたの。そしたら『特殊な薬剤でない限り、医師が必要と判断すれば大概の薬剤は処方できます。逆に必要ないと判断した薬剤は、患者さんからどんなに頼まれても処方しません』だって。じゃあ、あの医者なんだったの？あたしは効かないから他のをって言ってるのに、必要ないと判断したワケ？」

これは講習の休憩時間に、実務経験のある方が裏話として教えてくれたのだけど。

ひと昔前はどんな規模の病院でも、接待などを受けて製薬会社と癒着していることが普通にあったそうだ。つまり花粉症の薬は数あれど、懇意にしている製薬会社の薬剤しか処方しない。要は「出せない薬」ではなく「出したくない薬」が正しい表現なのだという。

しかしある時を境に製薬会社の間で「接待禁止協定」が結ばれ、それ以降はめっきり接待も減ったらしい。それでも昔の悪しき習慣の抜けない個人経営の医院などでは、いまだに製薬会社の営業マンに接待を要求する院長や理事長が存在するという話だった。

そのうえ「使ったことがない薬剤なので処方するのが不安」という医師個人の理由を素直に言わず「うちでは出せない」「うちにはない」と表現を変えることもあるらしい。

「あれって、絶対なんかカラクリがあるんでしょ？」

カウンターのこちら側――つまり患者側から医療側へ移った人間なのだから、普通では知ることのできない特別な事情や情報も教えてくれるだろうと、その目は期待している。

高野さんを裏切るつもりはないけど、これを全部話していいものか分からない。そもそも人から聞いた噂話を、自分が経験した事実のように話すことには抵抗がある。よくある「聞いた話だと○○らしいよ」的な話は、どうにも苦手だ。

かといって「知りません」というのは、嘘にならないだろうか。特に高野さんには、総務課時代に大変お世話になっている。とはいえそれを理由に話す話さないを決めるのもまた、グループや派閥のような感じがして嫌だ。

そんなことをグルグル考えていると。薬局窓口にいるはずの眞田さんが、なぜか勢いよく入り口のドアから姿を現した。

「あっ、高野さーん。奏己さんと話し込んでたんですかー。よかった、迷子になったのかと思って捜しちゃいましたよー」

隠しカメラでもあるのか、あるいはこれもスマートすぎるグラスの性能なのか。あまりにもタイミングが良すぎるとはいえ、このヘルプはとても助かった。

「あらっ、ごめんなさい！　ちょっと懐かしくて、ついつい話し込んじゃって」

「ですよね。お薬の準備はできてますから、薬局窓口までご案内しますよ」

「えっ？　早くない？」

「電子カルテと薬局課の端末が連携してるんです。それがうちのウリなんで」

邪気のない笑みを浮かべながらも、チラッとこちらに視線を送った眞田さん。次にその視線は、天井に設置されている防犯カメラに流れた。これはどう考えても「アレで見ていましたよ」という意味ではないだろうか。

防犯カメラともリンクするとなれば、恐るべしスマートグラス。あとは眞田さんに、覗き趣味がないことを祈るばかりだ。

「ねぇねぇ、薬剤師さん。お薬のことで、ちょっと聞きたいことがあるんだけど」

「なんでしょう」

「今まで近所の病院では絶っっっ対に二週間以上は出してくれなかったのに——」

また同じ話を繰り返す高野さんを、眞田さんは無事にクリニック課から連れ出してくれた。きっと歩きながら、あの話にも軽い感じで適切に答えてくれると信じている。

「ふぅ……」

ため息が漏れた瞬間、下半身から力が抜けてイスに座り込んでしまった。少しトイレに行きたいような気がするものの、ハンカチを握るだけで大丈夫そうだ。

「……あのまま居られたら、どうすればよかったのかな」

話は聞くより、伝える方が七万倍難しい。そのことは十分に理解していたものの、守秘義務に加えて今回のような業界のデリケートな内容も含まれてくると、そもそもが話し下手な人間にとってこれは大変な苦行だ。そういった対人対話プレイの訓練をしてくれる講座があるなら、ぜひ受講してみたい。とはいえ、気づけば自己啓発系セミナーでなぜか鍋一式を買わされそうになった過去がある身としては、慎重にならざるを得ない。

「さすが、マツさんだ」

「うぇあいっ！」

変な声が出た。

なぜうちの課のふたりは、気配を消して人の背後に迫ることができるのだろうか。あるいは、人の気配に気づかなさすぎる自分に問題があるのだろうか。

「その慎重さは、やはり向いている」

「……慎重、ですか？」

「高野さんとのやり取りで何も答えなかったのは、正しい判断だと思う」

「や。あれは、たまたま眞田さんが戻ってきてくださったので」

「しかし、あらかたのことは知っていたのでは？」

「まぁ……でも、人から聞いた話ですから」

「そこがいい」

「……はぁ」

「それより。これで、どうだろうか」

何のことやら分からないまま、話は終わりらしい。

代わりに差し出されたA４用紙には、びっしりと何かが書き込まれていた。

【口臭予防プッシュ配信　第二弾　タイトル案】

「えっ！　これ全部、今度のプッシュ通知『タイトル』ですか!?」

前回の【口腔ケア】で失敗してから、何か他に方法はないか個人的に考え続けていた。

いつもなら「期待に応えられなくて申し訳ない」と心の中で謝り、電車に乗って帰る頃には忘れていることがほとんどだというのに、今回に限って諦めがつかなかった。正確には、生田さんに伝えた時の残念そうな顔が、頭から離れないと言った方がいいだろう。

松久奏己という個人が力になれないことはよくあることなので気にもならないけど、クリニック課として力になれないということが、どうにも心に引っかかっていたのだ。

「以前、作家の患者さんから聞いたことがあるのだが。自分の作品なのに担当編集者からタイトルにダメ出しを食らい続けて、50個ぐらい考えることは普通にあるそうだ」

「あの、先生……その前に」

「ん？　どこか誤字でも？」

「わざわざ、別の方法を考えてくださったんですか？」

「要は嶋原さんに、目の前で息を吐かせればいいのでは？」

「それはそうですけど……それが、なかなか」

「マツさんが悩んでいるようだった――」

言いかけて、途中で微妙に視線を逸らしたのはなぜだろうか。

「――という以上に。口臭はコミュニケーション上の問題だけではなく、医学的にも重要なサインのひとつであることを忘れてはならない」

「それって『口臭は病気のサインでもある』ということですか？」

「俺は、それが言いたかった」

やはり隣にイスを引っぱって来て、当たり前のように受付カウンターに並んでしまう森先生。あまり場所や人目を気にしないのは、間違いなさそうだ。

「実は胃内にヘリコバクター・ピロリ菌がいた場合も、口臭の原因になり得る」

「ピロリ菌!?」

「あれはウレアーゼという酵素を持っているため、胃酸の中でもアンモニアのアルカリ性バリアを作って生き延びている。そのアンモニア臭であったり、酷い時は胃炎で消化不良になった食べ物の残りカスなどが、口臭の原因になる場合がある」

「そうだったんですか。それで……」

Ａ４用紙に並んだもの凄い数のタイトルに、必ずといっていいほど「ピロリ」という単語が混ざっているのは、そのせいなのだ。

「しかもピロリ菌を除菌することで、慢性胃炎や胃潰瘍、時には胃がんの予防にもなる。嶋原さんにとって、調べても損のないことだ」

「部長の歳だと『がん予防』という言葉は、かなり訴求力があるかもしれませんね」

「さらに検査方法は尿素呼気試験（UBT）という、パックに息を吹き入れるものにするので、身体的痛みや苦痛は皆無。残念ながら保険請求はできないが、そのあたりはクリニック課の持ち出しで構わないと思っている」

「自費診療……しかも、うちの課の自腹で？」

「この検査を保険適用にするには内視鏡検査を行っていることなど、面倒な条件が多すぎる。しかし今回のポイントは尿素呼気試験が『息を吹き込む』検査であることを利用するだけなので、検査料の持ち出しは仕方のないことだと考えている」

そこまで説明されて、ようやく理解できた。

そもそも先生がこの検査を選んだ理由は、嶋原部長に「目の前で息を吐かせる」こと。たったそれだけが目的であり、むしろピロリ菌の検査はオマケだというのだから、手段を選ばないにも程があるだろう。

「でも……いや、どうでしょうか」

「なぜダメだと？」

「息を吹き込んでもらうまではいいですけど……そのあと、なんて言うんです？」

結局、本人に向かって先生が「口臭がしますね」と言うつもりだろうか。ピロリ菌の検査をして「口が臭い」と言われたのでは、嶋原部長もたまったものではないと思う。

「大丈夫だ、問題ない。そこで、これの出番だ」

すかさず先生は、白衣のポケットからスティック状のプラスチック機器を取り出した。

ただそれよりも。得意そうな嬉しそうな、先生の珍しい表情の方が印象的で困る。

「なんですか、それ」

「これは『ＴＡＮＩＴＡ（タニタ）』製のブレスチェッカー。三つのＬＥＤランプの点灯・点滅で、六段階の判定が出る。嶋原さんにはついでに口腔状態もチェックしておきましょうなどと軽く言いながら、これにも息を吹きかけてもらう算段だ」

「まぁ、それなら……自然といえば、自然な流れ……ですか？」

シャコンと引くと、スティックの中央に息を吹きかける縦穴とセンサーランプが出てきた。大きめのアトマイザーぐらいで片手に収まるサイズだから、バッグに入れてもかさばらないだろう。正直、家に帰ったらネットで注文しようと考えている。

それにしても眞田さんのスマートグラスといい、このブレスチェッカーといい。当課のふたりとも、こういうガジェットが好きなのだろうか。

「それで、配信するプッシュ通知のタイトルなのだが」

「いっ――」

いきなり先生の顔が、ぐいっと手元のＡ４用紙に近づいて来た。これは今まさにそのブレスチェッカーを使わせてもらえないだろうかと、真剣に考える距離だ。

「ん？　どれか、気になるタイトルが？」

「せ、先生は……どれがイチオシなんですか？」

「これなどは、どうだろうか」

「あっ、いいですね！　それ！」

そのタイトルセンスに関しては、さておき。

ともかくこの近すぎていい匂いのする危険な距離から、早く離脱したかった。

「そうか。やはりマツさんも、これか」

また少しだけ嬉しそうな表情を浮かべ、ようやく先生が体を離してくれた。

「なにやってんの。楽しそうじゃん」

「はい――っ！」

「奏己さん、驚きすぎ」

気づけばカウンター越しに、眞田さんが顔をのぞかせていた。

このふたり、実は暗殺者(アサシン)だったという裏設定でもあるのだろうか。

「配信するプッシュ通知のタイトルを、マツさんと決めていたところだ」

「えーっ、どれにしたの？　まさか、また変なヤツにしたんじゃないの？」

ここでカウンター越しに身を乗り出してのぞき込んでくるとは、予想もしなかった。そんな姿勢で会話に交ざるのは、高校生レベルの感覚を持っているとしか思えない。

「ふっ。残念だが、俺のイチオシとマツさんのイチオシは、すでに一致している」

「うっそ、マジで？　どれよ、奏己さんもイチオシのヤツって」

「これだ」

【ピロリ菌の罪と罰　～慢性胃炎から胃がんの予防まで～】

それを読んで、眞田さんの表情がストーンと消えた。

「奏己さんさぁ」

「は、はい」

「タイトル決めは医学的なことじゃないんスから、気を使わなくていいんですよ？」

「どういう意味だ、ショーマ」

「や、眞田さん。私は別に、気を使ってるわけじゃ……」

受付カウンターから上半身を降ろして、眞田さんはヤレヤレな顔を浮かべている。

こういう時は、非情なまでに先生をバッサリ切り捨ててしまう。これが公私混同しないということなのだろうけど、もう少しマイルドにしてもらえるとありがたい。

「ま、いいんじゃない？　珍しく、リュウさんも楽しそうだし」

「は？　俺は常に朗らかだが？」

「それより、どうなの。嶋原さんの反応は」

先生の反論をまったく気にも留めない眞田さんと、それをまったく気にしない先生。人生の最終目標として、こういう人たちの中に交ざって生活してみたいものだ。

「先ほど送信したので、早ければ」

「ちょ、先生！　もう送ったんですか⁉」

「マツさんと意見が一致した時に送ったが？」

今回のピロリ菌と胃がん予防というキーワードは、かなりいい感じだと思っている。

しかし自分に当てはめて考えると、本屋さんで本を手にするきっかけは、だいたいタイトルと表紙。その次は帯の煽り文句だ。そのあと、あらすじを読んで買うかどうかを決めている。そう考えると嶋原部長がプッシュ通知を開くかどうかは、あのタイトルで決まる可能性が非常に高いということだ。

そのタイトルが【ピロリ菌の罪と罰　～慢性胃炎から胃がんの予防まで～】だとすると
──もう少し勇気を持って自分の意見を言える人間になりたいと、後悔してしまった。

「ほらねー。奏己さん、気を使ったことを後悔してるでしょ」

「えっ⁉　や、全然アレですよ。ホントに、はい」

眞田さんのスキル「人の心が見える」は、いつでも見事に発動する。

「ん？　何か、マツさんも考えていたタイトルが？」

「や。全然まったく、自分では……思いも付きません、けど」

挙げ句、不敵な笑みを浮かべて面倒なことを提案してくれた。

「じゃあさ。あのタイトルで嶋原さんが通知を開くかどうか、社食を賭けようよ」

「二対一になるが、いいのか？」

「なんで奏己さんもリュウさん側に付くって、決めてんの？」

ですよね、という視線を送られても困る。

「あの、眞田さん。私は、誰に付くとか付かないとかじゃなくてですね」

「では、マツさんがおまえに付く理由は？」

あるわけがないだろう、という視線を送られるのも困る。

「いや、えーっと……それは」

不意に、不思議な感覚に包まれていることに気づいて驚いた。

うまく表現できないこの気持ちは何だろうかと考え、色んな言葉を思い浮かべてみたものの、どれもしっくりこない。

そんな中で唯一、当てはまる表現があるとしたら——。

「おい、ショーマ。見てみろ。嶋原さんから、早速受診の問い合わせが来たぞ」

「うっそでしょ⁉」

「見えないようなら、おまえのスマートグラスにモニターを繋げてやるが？」

「マジかよ！　奏己さんは正直、どっちだと思ってたんスか⁉」

「えっ、私ですか？　それは」

——それは「居場所がある」ということかもしれなかった。

▽　▽　▽

お昼休憩が始まって、ぴったりの時間。

それほど広くないクリニック課の待合スペースに座り、嶋原部長はうなだれていた。

「……いやいや、参ったな」

プッシュ通知に返信をくれた、あの日の午後。太い眉毛に四角い笑顔で受診してくれた時とは違い、動揺しているのか短く刈り上げた髪をかき上げて軽くため息をついている。

あれから一週間。

なにせ会社の健康診断ぐらいの軽い気持ちでピロリ菌の呼気検査を受けたら、ピロリ陽性と出てしまったのだ。タフな営業戦士とはいえ、さすがに動揺は隠せないだろう。

「嶋原さーん」

森先生は「ピロリ菌の潜在が見つかったことは、むしろいいことだ」と言っているけれど、実は肝心の「ブレスチェッカー」を嶋原部長に試してもらえていない。どうやら「虫歯も歯肉炎もないし、営業たるものハミガキは命ですから」と口腔ケアには自信があるらしく、あっさり断られてしまったという。

さすがにそこまで言われては強要するわけにもいかず、いよいよ手詰まり感が濃厚になっていた矢先。本日、想定外の「ピロリ陽性」という結果が戻って来たのだった。

「……あの、嶋原さん？」

ただ、逆に考えると。ピロリ菌が除菌されれば嶋原部長の口臭は解消するかもしれないし、そもそも口臭解消よりも除菌の方が優先だ。まずは医学的にピロリ菌を治療し、それでも口臭が変わらなければ、改めて作戦を練り直せばいいのだ。

「あっと、失礼」

「いえいえ。ゆっくりでいいですよ」

嶋原部長も、いろいろ考えていたのだろう。慌てて立ち上がり、お財布を取り出しながらカウンターまで小走りに駆け寄ってきた。

「松久さん。今日は、あれですよね。ピロリ菌の薬、もらえるんですよね？」

「はい。先生から、処方箋が出ています」

「ホントに社内で薬がもらえるとは……これは、想像していたよりも便利だな」

確かに、生田さんの言うとおり。カウンターを挟んだこの距離でも、嶋原部長の口臭は届いてくる。それは初診の時から感じていたものの、正直みんなが噂するような「犬や猫よりキツい」だとか「ドブのような臭い」とまでは思わない。

このあたりの理由は、森先生からメモ帳半分ぐらいを消費して教えてもらっていた。

どうやら「臭い」という感覚は、鼻にある嗅覚受容体（においセンサー）が拾った情報を脳がどう処理するかによって、ずいぶん個人差が出るらしい。具体的には「好き嫌い」のフィルターを通ってから判断されるため、当然その臭いに対する評価も人によって変わってくるのだという。それは、みんなが香水の匂いを好きとは限らないのと同じだろう。

それより驚いたのは、臭いは本能や感情や記憶をコントロールしている脳の「大脳辺縁系（だいのうへんえんけい）」という場所を経由して伝わるので、言ってしまえば「臭いは感性に直接響く」ということだった。一度それを嫌な臭いと感じてしまうと「理屈抜き」で嫌いになってしまったり、知らず知らずに昔の出来事を思い出したりするというのだ。

「今日の処方は薬剤師の眞田の方から詳しい説明をしたいとのことでしたので、元サーバールームの薬局窓口の方へどうぞ」

この口臭だけで嶋原部長が有名になったとは、どうにも納得できない。

他の要因——たとえば嶋原部長に対する感情や、過去のやり取り、あるいは口臭そのものに対する個人的な記憶や印象が影響していないだろうか。

もしかすると別の臭い——たとえば、嶋原部長の家やタンスの臭いはどうだろうか。あれも一種独特の臭いで、実際に個人オークションやネット取引では「自宅の匂いはご了承ください」などと注意書きをしてもクレームが来るという話を聞いたことがある。

そんなことを悶々（もんもん）と考えていると、奥から眞田さんの元気な声が響いてきた。

「あ、嶋原さーん。ちょうど『ピロリ除菌セット』が届いたばかりなんで、ここで説明させてもらってもいいですか？」

「セット……ですか？」

「飲み方が決まってるんで、間違わないようにセットされてるんですよ。それでも最初は、けっこう戸惑いますけどね」

そして受付カウンターに躍り出てくると、意味深な視線をこちらに投げかけてきた。

診察が終わっても珍しくいつまでも薬局窓口に行かないと思っていたら、どうやらここで嶋原部長に何かを仕掛けるつもりなのだ。この目はだいたいそういう時の目だと、だいぶ分かるようになってきた。

「まずは、基本からですねー。この一シートで一日分、朝と夕がセットされています」

そのサイズと質感はまるでポストカードを横向きにしたようで、真ん中にミシン目が入れてあり、さらに上下で色分けしてあった。しかも大きな文字で上段には「朝」、下段には「夕」とハッキリ書いてある。

「へぇ。なんだか、駄菓子屋にでも売ってそうですなぁ」

「飲んだら真ん中のミシン目で切り取ってもいいですけど、日付を書き込んで残しておくことをオススメします。飲んだかどうか、あとから確認できますからね」

その上段オレンジ色の「朝」部分に、飲まなければならない三種類のお薬がすでに透明パックされている。もちろん下段青色の「夕」部分にも同じように三種類がセットされている。おまけに日付を書く欄まであって、これが一週間分、七枚セットになっているのだ。さすがにここまで親切なシート形式になっていれば、限りなく飲み間違いは起こさないと思う。あとはもう、本人次第だ。

「しかし……一回でこの数の薬を、一日二回も飲むんですね？」

「ピロリの除菌方法はエビデンスがハッキリ出ちゃってて、何をどれだけどう飲むか、キッチリ決まってるんですよ」

「へぇ。じゃあ、どこの病院でもどんな医師でも、差はないんですね」

「ないですね。これは胃酸分泌抑制剤のボノプラザンフマル酸塩錠、こっちがマクロライド系抗生剤のクラリスロマイシン錠、最後に合成ペニシリン系抗生剤のアモキシリン水和物。抗生剤で下痢になることもわりとあるんですけど整腸剤も出てますし、絶対に途中で止めたり、飲み忘れたり、まとめて飲んだりしないでくださいね」

これなら間違っても「ウチでは出せない薬」と言われることもなくて安心だ。

「いやぁ。営業マンとしては、独占できた製薬会社が羨ましいですなぁ」

「や。成分と分量が同じならＯＫなんで、数社から似たようなセットが出てますよ」

「では森先生がこの会社のセットを選ばれたのには、何か理由が？」

元第二営業部の血が騒いだのか、嶋原さんはそのあたりの話に興味津々だった。

　しかしそれを聞いた眞田さんは、渋い顔を浮かべている。

　まさか先生も、どこかの製薬会社に接待されて癒着しているということだろうか。

「嶋原さん、格闘技とか好きです？」

「……はい？」

「しかも、わりとガチで殴り合ったり、関節を締め上げたりする系の」

　いったいこの流れで、どのあたりが企業との接待や癒着の話に繋がるのだろうか。

「昔は『立ち技最強・Kシリーズ』や『総合格闘技・PROUD』なんて、さいたまスーパーアリーナまで行って観るぐらいには好きでしたけど……それが、なにか」

「じゃあ『ボブ・サッペ』っていう選手がいたの、知ってます？」

「あ、いました、いました。確か『ザ・野獣(ビースト)』と呼ばれていたような」

「森課長は子どもの頃、その人のファンだったんですよ」

「それと、この薬のメーカーと……どういう関係が」

「ここ、読んでくださいよ。薬の商品名」

「商品名……あぁっ⁉」

　それに気づいて、本当にどの会社のお薬でも薬効は同じなのだと痛感した。この処方されたピロリの除菌薬セットの名前が、その人の名前と限りなく似ているのだ。

「ま、あの人。昔から、そういうところがあるんですよね」

「お、おもしろい方ですね……森先生は」

「病院に来る製薬会社の営業さんとは、自分の知らない薬効や新しい論文の話ができないのなら、絶対に会わなかったですし」

「それはまた、硬派な」

「かと思えば一度でも営業さんに自分の知らない知識を持ってこられると、急にリスペクト値が上がって、自腹で飲みに誘ったり一緒にゲームしたりで」

「自腹！　逆に先生が、営業に奢るということですか⁉」

「ですね。あの人、接待されるのが大嫌いなんですよ。時代劇で賄賂をもらっている悪代官のようなゲス顔には絶対なりたくないって、昔からよく言ってました」

「こんな話、初めて聞きましたよ……」

　接待されて癒着するどころか、まとわりつく営業さんを片っ端から引っぺがしているようにしか思えない。もっと細かいことにツッコミを入れさせてもらえるなら、一緒にゲームをするとはどういうことなのか詳しく聞いてみたいところだ。

「他の営業さんが『会ってもらえない』って、よく薬局で泣いてましたよ」

「こまめに足を運ぶだけの顔見せ営業が効かないのは、正直なところ痛いですな」

　きっとあの乏しい表情で、受付事務さんに門前払いを指示していたのだろう。森先生と面会できた製薬会社の営業さんなんて、ごく限られた人だけだったに違いない。

「けど別に、これはふざけて選んだ薬じゃないんですよ？　どれも薬効は同じなんで、安心してくださいね。いやこれ、ホントに。マジで」

それほど動揺するなら、本当のことなんて言わなければいいものを。

こういうところに、眞田さんの人柄が出てしまうのだ。

「大丈夫ですよ、眞田課長。森先生は、とても真摯な先生だと思っています。根拠は、長いこと営業をやってきたカンってやつだけですけどね」

なにせ先生は、厚生労働省の研究班会議で偉い先生たちをアカデミックな暴力でねじ伏せてきた人なのだ。なんとなく、接待や癒着ではないのだろうと信じていた。

ただもう少し、かっこいい感じの理由を期待していたのは事実だった。

「それじゃあ、嶋原さん。一日二回、一週間、忘れず飲み切ってくださいね。たぶん二ヶ月後に、除菌の確認検査があると思いますんで」

薬局窓口まで行かず、隣のカウンターで会計を済ませてしまった嶋原部長。

しかし、受付カウンターに背を向けて帰る様子はなかった。

「……あの、眞田課長。ちょっと、お伺いしてもよろしいですか？」

「どうぞ、どうぞ。見慣れない処方薬セットですからね」

「いえ、内服方法はよく分かりました。伺いたいのは――」

なぜか嶋原部長の視線が、眞田さんご自慢のセレクト棚に向けられている。

その瞬間、眞田さんは「勝ち」を確信したような笑みを口元に浮かべた。

「——口臭予防の方法があれば、教えていただけないかと」

思わず声が出るところだったけど、その前にフリーズしてしまったので問題ない。

まさか嶋原部長の方から、口臭の話が出るとは微塵も予想していなかった。

「口腔ケア用品ですね？　ありますよ。最近、わりと皆さんに評判いいんですけど……どこかで『ショーマ・ベストセレクション』の噂でも聞かれました？」

少し間を置いたあと、嶋原部長は誰も居ない空間に視線を逸らした。

「実は、ピロリ菌検査の予約を入れた日。晩メシを食いながら、軽い気持ちで妻に話したんですよ。胃潰瘍の予防や胃がんの予防にもなるらしいから、検査を受けてくると。わたしとしては不摂生な生活をしていた第二営業部時代とは違い、将来を考えて健康にも気を配るようにしたことを、妻にアピールするつもりだったんですが……」

「奥様、喜んでくださったんじゃないですか？」

そう言いながらも眞田さんは、そんなことなど少しも思っていないのではないかという、謎の直感が脳裏をよぎった。すでに嶋原部長を懐に入れ、何かを見切っているはずだ。

「……目も合わさず、言われましたよ。『だったら、あなたの口臭も治るかもね』と」

「あー、そういうことですか——」

もの凄い勢いで膀胱に刺激が走り、心拍数も一気に上がった。咄嗟にハンカチを取り出して握ったものの、これはトイレに間に合うかどうか分からないぐらいの緊張感だ。

「――良かったじゃないですか、嶋原さん」

「え……良かった？」

何を言い出すのやら、眞田さんの思考回路が理解できない。そもそも、この話題を平然と真正面から受け答えできていること自体が信じられなかった。

「だって口臭とか体臭って、家族でも親しい間柄でも、わりと口に出して教えてくれることって少ないじゃないですか」

「は、はぁ……まぁ実際、妻は今まで黙っていたわけで」

「黙ってたっていうより、なかなか言えなかったんじゃないですかね」

「でも、夫婦なら」

「逆に、奥様に口臭があったとして。嶋原さんなら『おまえ口臭がするぞ』とか『口が臭いぞ』って、面と向かって言えます？」

「それは、まぁ……言い方もあるとは思いますけど、多少は何かのきっかけがないと言いづらいですね」

「ですよね。それじゃあ奥様だって、気まずくて目も合わせられないですよ」

言い方を変えたところで、せいぜい「ちゃんとハミガキしてる？」が限度かもしれない。

それだって言いづらいことに変わりはないし、もしかすると言われた相手は「虫歯」を心配されたと勝手に勘違いして、口臭に辿り着かないかもしれない。

「それを奥様は、ハッキリ言って下さったんですから。それこそ嶋原さんが言われるように、いい『きっかけ』をご自身で作られたんじゃないかと思いますけど」

「しかし長年、身近で不快な思いをさせていたかと思うと……どうにも」

「嶋原さんのことですから、もちろん調べられましたよね？　口臭の原因は90％以上が、口の中の病気や汚れだってことも」

それを聞いて、自分の浅はかさを痛感した。

ということはピロリ菌が口臭の原因になっているのは、10％以下。それなら嶋原さんがピロリ菌を除菌しても、絶対に口臭が消えるとは限らない。ピロリ菌はあくまで「原因の可能性のひとつ」であって、それですべて解決するわけではないのだ。

「はい。大学病院のホームページに『息さわやか外来』というものを見つけまして」

「だと思いました。デキる営業の方って、そういうところが違いますもんね」

「抜けないクセですかね。会話についていけないことは、営業にとって致命的なので」

「ははっ。森課長とは、気が合いそうじゃないですか」

「だと、嬉しいですね」

嶋原さんの表情が、少しずつほぐれていった。

それを見た眞田さんも笑顔を浮かべていたはずなのに、不意にこちらへ勝ち誇ったような視線を投げかけてきた。まさかとは思うけど――眞田さんは嶋原部長がここまで調べてくるだろうと、予測していたということだろうか。

「嶋原さん。口腔ケアに関してはもちろん説明しますけど、30〜40代のミドル男性がよく言われる、脂っぽい『ミドル脂臭』ってご存じです？」

「あぁ、よく聞く『加齢臭』のことですか」

「違います、違います。加齢臭は、体中の皮脂腺ならどこからでも出てくる『2-ノネナール』という物質の方です」

「え……耳の後ろからじゃないんですか？」

「それもよく言われるんですけど、相手に臭いとして伝わるぐらい出る場所は、体の広い部分――つまり、前胸部や肩から背中にかけての体幹部です」

せっかく嶋原さんを口腔ケアの話に引き込めたというのに、いきなり体臭の話を持ちかけて、眞田さんはどうするつもりなのだろうか。

「そ、そうだったんですか」

「だからもし加齢臭が気になるなら、夏場によく売ってるこういう『汗拭きシート』なんかを通年で使うだけでも軽減しますよ」

そう言って眞田さんは、いつの間にか口腔ケア商品の隣に並べられていた「制汗シート」を嶋原さんに手渡して見せた。

「これは夏場に外回りをする時、よく使っていました」

「じゃあ、見慣れたモンですね」

「では先ほど言われた、ミドル脂臭というのは……」

「それが『ジアセチル』っていう物質で、頭皮から首の後ろに強く出て『お父さんの枕の臭い』なんて言われていた物質です」

「あぁ。そっちが、耳の裏の」

「や、耳の裏は忘れてもらっていいです。こっちは毎日の洗髪と首回りの汗拭きだけで、わりと効果が出ますよ」

「へぇ」

「あ、そうなんだ」

眞田さんと嶋原さんの視線が同時に飛んで来て、顔全体が火のように熱くなった。もの凄く、トイレに駆け込みたい。

まさか無意識に、他人の会話に声を出して反応するとは思ってもいなかった。

「ですから、嶋原さん――」

あえてスルーしてくれた眞田さんの優しさに、心から感謝したい。ちょっと耽美的な夜の匂いを纏う、強烈な洞察力と冷静な判断力を持つ謎の紳士（デオドラント）よ、ありがとう。

「――口腔ケアに興味を持たれたのなら、ついでに体臭対策もどうですか？」

そう言って次に眞田さんは、制汗スプレーのようでありながら大きな文字で「頭皮のニオイ」と書いてある商品を手渡している。

どうやら口腔ケア用品の隣には、デオドラント商品を展開するつもりのようだった。

「眞田課長。わたしの体、臭いますか？」

「違いますよ、嶋原さん。奥様向けです」

「妻……？　どういうことです？」

「言いづらいことを伝えてくださった奥様に対する、嶋原さんの回答(アンサー)ですよ」

「……アンサー？」

「個人的には、男が香水を振りかける必要はないと思ってます。いい匂いになる必要はないんです。ただ、清潔であればいいんです」

眞田さんの言う通りだと思った。

スメルハラスメントだなんて、大袈裟に責め立てるべきではない。求められているのはプラスになることではなく、マイナスにならないこと。つまり、清潔であればいいのだ。

「まぁ、そうですね……香水には、ちょっと抵抗があります」

「毎日フロに入って、体と頭を洗う。朝は顔を洗って、歯を磨く。それが普通にできる人なら、デオドラントはその延長線上にあると思ってます。少なくとも女性のメイクよりは、楽なんじゃないですかね」

「そんなもんでしょうか」

「自分の臭いなんて嗅覚順応しちゃって、どうせ自分じゃ気づかなくなりますからね。だからもう毎日お決まりのように朝、昼、必要なら夕方に『制汗剤をワキに吹く』『汗拭きシートで体を拭く』って、クセにしちゃえばいいんですよ」

「なるほど。フロやハミガキと同じように、デオドラントですか」

「ですです」

「そしてこれが、眞田課長オススメの？」

「やっぱりミドル脂臭研究の元祖は『ｍａｎｄｏｍ』ですからね。香りで誤魔化さないスタンスが、個人的には気に入ってます」

「後ろ頭から、首のあたり……なるほど、ちょうど電車で女性の鼻先が当たる場所か」

「さすが、元第二営業部のエース。目の付け所が違いますね」

そこで通勤電車の女性を意識するあたり、やはり生田さんが言うように、嶋原部長は基本的には悪い人ではないのに損をしていたのかもしれない。

「そうか。だからよく、若い人たちが『電車のオヤジまじ臭ぇ』なんて言うんですな」

「嶋原さん、そんなこと言われたんですか？」

「ははっ。さすがに、それはないですけど……眞田課長と話してると、なんだか逆にそう言われた方が、早く気づけていいような気がしてきましたよ」

知らない人からそんなことを言われて「気づかせてくれて、ありがとう」と思えるようになったら、それはもう仏の域に達しているのではないだろうか。

「ピロリを除菌して、口腔ケアもする。ついでにミドル脂臭や加齢臭の対策をする姿を御覧になれば、奥様だって『思い切って言って良かった』と思われるんじゃないですかね」

「なるほど。それが妻への回答（アンサー）、ということですか」

ほぐれていったその表情が、今では笑顔に変わっていた。

嶋原部長は口臭だけで有名になったのではないと、今なら確信できる。

ハラスメント扱いされるようになったミドル臭や加齢臭が、嶋原部長の口臭をより強く感じさせていたのかもしれない。さらにそれを、バブル世代最後の生き残りである50代ならではの、埋められないジェネレーション・ギャップが助長していたのかもしれない。

いずれにせよ。そう気づかせてくれるきっかけを作ったのは、間違いなく生田さんだ。

自分の過敏性腸症候群の引き金になっているかもしれない上長の、禁忌（タブー）的な他人事に首を突っ込んだからこそ、嶋原部長は救われたのだ。

他人事に関わることを限りなく避けてきた身として、これは衝撃的なことだった。

「よし、決めました」

「あ、全部お買い上げですか？」

「もちろん、個人的にはそうですが――」

「あざーっす」

いつの間にか眞田さんも、部長相手にかなりハードルを下げた口調になっている。それなのに、今の雰囲気にはそれで丁度いいと思えてしまうから不思議でならない。

「――うちの営業企画部では、口腔ケアや体臭ケアの費用を経費で申請できるよう、上申してみることにします」

「マジですか。それ、いいですね。部署の方たち、絶対に喜ぶと思いますよ」

「他社さんに出向いて、スマートに企画を提示しなければならない部署ですからね」

「ですよね。じゃあ今から、口腔ケアについて」

「っと、すいません……こんな時間か。所用を済ませたら、また伺いますので」

「どうぞ、どうぞ。いつでもヒマなんで」

これで、嶋原部長に口臭を気づかせるミッションは完遂した。

だからといって、生田さん個人の腹痛や下痢の頻度が減るかどうかは分からない。

それでも営業企画部に対して、確実に大きな変化をもたらしたのは間違いない。

これが人と関わることなのだと、この歳で改めて考えさせられてしまった。

「おだいじになさいませー」

口腔ケアからデオドラントまで、一式すべてをお買い上げになった嶋原部長。

その後ろ姿を相変わらずおかしな言葉で見送った眞田さんが、急に顔色を変えた。

「げっ！　リュウさん⁉」

「え……先生？」

ふり返ると。いつの間にか診察室の入り口で、腕組みをした先生がこちらを見ていた。

これは完全に気配を殺して背後が取れる暗殺者か、少なくともその血を受け継ぐ末裔（まつえい）という裏設定があるとしか思えない。

「ちょ、待っ――いつからそこに⁉」

「ん？　ボブ・サッペのあたりからだが？」

「はぁ⁉　そんなに前からいたの⁉」

「診察が終わって、ヒマだったもので」

先生は怒った風でもないのに、やたら眞田さんは慌てている。ついさっきまで嶋原部長のハードルを下げまくって懐に入れ放題だった勇姿は、もう微塵も残っていない。

「なにそれ！　ヒキョーかよ！」

「卑怯？　一生懸命に説明していたので、黙って見ていただけだが？」

「それをヒキョーって言うんだよ！」

「それより、マツさん。生田さんだが」

「ちょ、リュウさん！　終わるなってば！」

「なんだ」

モジモジしている眞田さんを見て、迂闊にも「可愛い」と思ってしまった。

「その、あれだよ。オレの説明……間違ってなかった？」

「問題ない。俺の教えたことを一言一句、よくも間違えずに覚えられるものだと感心していたところだ」

さらに迂闊だったのは、先生がやんちゃな弟を温かく見守る兄のように見えたことだ。

「ねぇねぇ、奏己さん。奏己さんはオレの説明を聞いて、どうだった？」

そしてどうやら、そこに交ぜてもらえるらしい。

「わ、私ですか？」

この三人の中で、何ポジになればいいのか――。

そんなことを考える日が来るとは、夢にも思っていなかった。

【第四話】 腰痛から始まる社員健康互助システム

最近、お昼の時間になると。

フリースペースかと思うほど、クリニック課に人が出入りするようになった。

「こんにちはー。何をお探しですか？」

入って真正面にある受付カウンターのひとつは、クリニック課のもの。もうひとつは、眞田さんが薬局課として新設したもの。混み合っているのは、もちろん眞田さんの方。

「あの……エナジー・ドリンクとかは、置いてないんですか？」

そして、やって来る人の90％ぐらいは女性社員だった。

「栄養ドリンク系をお探しです？」

「予算会議の資料が間に合わなくて……残業続きなので、ちょっと飲もうかなって」

ＩＤに書いてあった経理部という文字を見ただけで、色々な大変さが伝わって来る。

元々総務部は、総務課、人事課、経理課、法務課に分かれて配置されていた。

しかし経理課は、社長の「経理からの視点を無視した予算会議はあり得ない」というひとことで経理部に格上げ。ルーチン業務をアウトソーシングしてもらった代わりに、重要な予算管理部署のひとつとして予算会議に出席しなければならなくなったらしい。

「や。ウチ——っていうかクリニック課？　っていうか、森課長の方針なんですけど『無理することを応援しない』っていうのがポリシーなんですよ」

「……はい？」

「無理しなきゃいけない状況が避けられない時も、あるとは思うんです。でもそういう時に『元気の前借り』をするのはダメじゃない？　っていう意味らしいですよ」

「前借り……まぁ、それはそうなんですけど」

確か違法薬物に手を出すことの言い訳に「幸せの前借り」という表現がなかっただろうか。きっと森先生が、それを無数のパターンにアレンジした物のひとつに違いない。

「それに成分的な分類で言えば、エナドリって医薬品じゃなくて清涼飲料水ですよ？」

「えっ！　そうなんですか!?」

「アルギニン、ナイアシン、パントテン酸は医薬成分じゃないですし。海外のエナドリと違って『合成タウリン』が配合されていないものが、ほとんどですから」

「じゃあ……元気が出たっていう感じは、気のせい？」

「気のせいじゃないでしょうけど。体感的には、カフェインの作用じゃないですかね」

「……そうだったんですか」

「ただカフェインの含有割合だけで言えば、緑茶やコーヒーの方が多いですよ？」

「ええ……緑茶とか、けっこう飲んでるんですけど」

「まぁ、なんにせよ。カフェインの飲み過ぎはオススメできませんね」

「すみません。じゃあ、この栄養ドリンクをください」

よく見れば、ショーマ・ベストセレクションの棚がまた充実していた。口腔ケア、デオドラント、次は栄養ドリンク系を推していくつもりかもしれない。

でもそれだと「無理することを応援しない」ポリシーに反するのではないだろうか。

「ウチが取り扱うドリンク剤は、どれも『グリシン』っていうアミノ酸が入ってるヤツだけなんですけど、いいですか？」

「……なんですか、それ」

「ちょっと前までは『害のないアミノ酸』ぐらいにしか思われてなかったのに、ＡＪＩ（味）ＮＯ（の）ＭＯＴＯ（素）の研究で『睡眠導入効果』があることが判明したんです」

眞田さんが手にしたのはドラッグストアでもわりと目にすることの多い、昔はやたらファイトを出して極限状況すら一発でなんとかするＣＭが有名だったという栄養ドリンク剤。

でもキャップは白やゴールドではなく、優しい感じのラベンダー色をしていた。

「よく眠れる、ってことですか？」

「ですです。翌朝、スッキリ起きる的な」

「それは、まぁ……いいな、とは思うんですけど」

「やっぱ『元気の前借り』じゃなくて、ウチでは『今日はゆっくり寝て疲れを取って、明日また元気に戦おう！』っていうスタンスを応援したいんですよ」

「はぁ……」

ものすごく爽やかな笑顔を浮かべた眞田さんに、経理部の女性は困惑していた。

それはそうだろう。エナジードリンクでなんとか乗り切ろうとしたら、よく寝て明日戦えと言われるとは想像していなかったはずだ。

「この大勝製薬『リボルビンフィールN』には、そのグリシンが50mg配合されているうえに、カフェインなし。糖質ゼロの7kcalですし、疲労回復の鍵となるタウリンも1000mg入ってますから、明日に備えて寝る前に飲むのをオススメしてまーす」

「あの……寝る前っていうか、今日中に決着をつけなきゃならなくて」

「そんな時にオススメなのは――」

眞田さんの勢いが増してきた時、入り口のドアから白衣姿の森先生が戻って来た。患者さんの来る可能性が一番高いお昼の時間帯なのに、どこへ呼び出されていたのやら。

「――水分、糖分、塩分。ですよね、森課長！」

「ん？」

「今こちらの方に、大人の『ミニマル・ハンドリング』の話をしようかと」

眞田さんは、いきなり森先生に話を振った。

振られた先生も状況が理解できず、眞田さんと経理の女性を交互に見て困っている。

「そうですね。すぐに体調回復を実感できるのは、その三要素だと思います」

全然違った。だいたいの状況は、いきなりでも理解できるらしい。わずかなヒントと周囲の状況からそれを察知するとは、もはや異能（いのう）ではないだろうか。

「なんですか、その……ミニ」

「ミニマル・ハンドリング——元は新生児科（NICU）や小児科で、新生児などのストレスや苦痛を最小限度にするケアのことを指し示す用語です。私はそれを大人にも当てはめ、最低限度の補助でストレスや苦痛を最小限度にする体調管理方法はないものかと、昔からずっと考えていました。そして辿り着いたのが『まずは水分、糖分、塩分を補充してみる』という極めてシンプルな初期対応です」

先生はショーマ・ベストセレクションの棚から、袋に入った何かを手に取った。

「頭が回らない時や仕事が捗（はかど）らない時は、意外に多くの糖分が血液中から消費されており、若干ですが低血糖に傾いている可能性があります」

「血糖？　糖尿病とかのことですか？」

「逆です。体内で糖分が集中して使われてしまうと、二時間ぐらいで血糖が下がってしまい、気づかないうちに思考や活動のレスポンスが落ちている方が意外に多くおられます。

中にはそれを『指先がピリピリしてくる』と、体感できる方もおられるようですが」

「あれでしたっけ。ラムネやブドウ糖を食べればいいんでしたっけ」

「そうですね。ただこれの方が、手っ取り早いと思います」

そう言って差し出した袋には「氷砂糖」と書いてあった。

「こ、これ……梅酒とかを作る時のやつですよね？」

「純度もカロリーも高いので、二、三個かじれば十分です。血流に入るのも早いですね」

さすが森先生。血糖もエネルギーも一気に摂ればいいという、ザックリな発想だ。

でも経理部の女性にちょっと迷いが生じたのは、カロリーが高いと聞いたからだろう。素早く血糖を上げられても素早く体重も一緒に増えるようでは、躊躇(ためら)うのも無理はない。

「もしカロリーが気になるのであれば——」

しかし珍しくそのことに気づいた先生は、棚から別の商品を手に取っていた。

「——こちらの『森永ｉｎゼリー　エネルギーブドウ糖』はどうでしょう。ブドウ糖は30gですがカロリーは１２８ｋｃａｌで、おにぎり一個分より少ないです」

「あ、それなら」

あの先生が女性経理さんの空気を察したのは、正直なところ意外だった。

しかしよく考えたらこういう会話は日常診療では珍しくなく、想定の範囲内だったのかもしれない。だから戻ってすぐに眞田さんから話を振られても「大人のミニマル・ハンドリング」というキーワードだけで、すぐに反応できた可能性もある。

　改めて聞いていると、暗記した定型文を読んでいるような気がしないでもない。

「あとは意外に室内でも脱水に傾いていることがありますので、集中できない時はこれを飲んでみるのもひとつの方法です」

　そう言って遠目にもポカリスエットだと分かるペットボトルを、棚から手渡した。

　このスムーズで話し慣れた感じは、間違いない。先生にとっては音声ガイドなみに何度も繰り返し話す、日常診療ではおなじみの説明内容なのだ。

「あの……わたし、経理でデスクワークなんですけど」

「温度、湿度、周囲から跳ね返ってくる熱の条件が揃えば、室内でも気づかないうちに軽い熱中症にかかることがあります」

「えっ!?」

「そうならないように社内の空気状態（エアコンディション）を集中管理できるシステムを、三開の方たちにご協力頂いて構築している最中です。しかしコーヒーやお茶などに含まれるカフェインには利尿作用もありますので、気づけば飲んだ水分量（イン）よりも出て行った水分量（アウト）の方が多くなっている、ということも十分あり得ます」

「氷砂糖をかじって、ポカリ……ですか」

「もちろん糖尿病のある方にはお勧めできませんが、健診などで引っかかったことは？」

「ないです」

「そして最後に塩分。腎臓に疾患があったり、塩分制限を受けたことは？」

「ないです、ないです」

「では大丈夫。塩分補充の優先順位は水分や糖分の次ですが、見落とされがちです」

「夏の暑い現場仕事でなくても必要ですか？」

「季節は関係ありません。なによりもまず、最も手軽に摂取補給できる三要素が欠乏している可能性を除外するべきでしょう。他の疾患や症状を考慮するのは、それからで」

先生は経理部の女性に「塩タブレット」を手渡した。

ショーマ・ベストセレクションとして次に取り扱う商品が「大人のミニマル・ハンドリング」であることは、これで間違いないだろう。

「水分、糖分、塩分。その三要素を補充しても集中力の欠如や疲労が改善しない場合には、いつでも、遠慮なく、お気軽に、すぐ、ご相談ください。あなたのライフスタイルに合った別のアプローチを一緒に考えましょう。我々はそのための『社内クリニック課』です」

「あ、ありがとうございます……」

経理部の女性は少し恥ずかしそうにしながらも、どこか満足そうに氷砂糖以外をすべてお買い上げになってクリニック課を出て行った。残念なのは、森先生の熱意があまりにも前面に押し出されすぎたことぐらいだろう。

「さんきゅー、リュウさん」

「大人のミニマル・ハンドリングは、お前にも説明できるのでは？」

「やっぱ、ここは院長先生からでしょ」

もちろん森先生に真正面から見つめられて、いろいろ勘違いした可能性もゼロではない。

とはいえ、きっと最後の「一緒に考えましょう」のひとことが効いたのではないだろうか。

「院長でも先生でもない。課長だ」

「だって、奏己さんは先生って呼んでるだろ？」

「クリニックの医師と医療事務なのだから？　それは当たり前のことなのでは？」

「最初は課長って呼べって言ってました」

「ショーマ。人間の記憶とは、容易に改ざんされるものだな」

ふたりで何を揉めているのかは、さておき。

だいたいは医師が治療方針を決め、処方を出し、患者はそれに従うだけ。漢方は苦手だと伝えても、医師が漢方に詳しいというだけで強引に処方されたこともあった。質問するタイミングも与えられず、流れ作業のように気づけばお会計をしていることもあった。治らなければ、他の病院へ紹介状を書かれて終わり。どんな治療方法や内服薬が合っているか一緒に考えましょうだなんて、言われたことは一度もない。

すべてのクリニックや開業医院がそうではないのだろうけど、そういう病院に当たってしまうことが今まであまりにも多すぎたのだ。

「マツさん。何か、変わったことは？」

いつからだろう。先生が後ろの自分のデスクに座っているより、受付に並んで座っている時間の方が長くなったのは。その証拠に、だんだん先生の私物が増えている。

「いえ。変わらず、眞田さんの方ばかり忙しそうでした」

「そ、そうか……」

投げかけられる眞田さんの視線は、勝ち誇っていた。

「自社商品でなくても、薬局課で扱う限り社割で売っていいんだからさ。粗利がいいってだけで、ムリに『処方箋なしで購入できる医薬品（OTC）』も売らなくていいわけじゃん？」

「まぁ……クリニック課と薬局課は、福利厚生部門という位置づけだからな」

「だったら、こんなの全然ラクショーでしょ。置くのは、本当に必要な物だけ。薬局課まじサイコーかよって、みんなから感謝される日も近いね」

「卑怯だな」

「は？　オレのは全部リュウさんからの受け売りなんだし、それで良くない？」

「しかし、それでクリニック課の受診者が増えるわけではない」

「仕方ないじゃん。大人のミニマル・ハンドリングは『病院へ行かずに体調を改善できないか』って発想から始まったんでしょ？」

「……それは、そうだが」

「あっ、こんにちは！　今日は、何をお探しですか？」

よく分からない内に先生が敗北を喫して、謎の勝負は終わった。

時々、先生が眞田さんと妙に張り合うのは何故だろうか。

「それより、先生はどちらへ呼ばれてたんですか？」

「ん？　社長室」

「しゃ――ッ！」

どこかで体調不良の社員が出て、出張診療でもしているのだろうと勝手に思い込んでいたら、わりと心臓に悪い所へ呼ばれていたようだった。

四十歳にして三代目の社長に就任した三ツ葉正和(みつばまさかず)氏は、帰国子女の上に経歴がめちゃくちゃ凄い人だ。大胆な改革で傾きかけていたライトクを立て直しただけでなく、その後も「社内メンテナンス」と称して、かなり気軽(フランク)に課長や部長クラスを社長室に呼び出しては、意見の交換(ディスカッション)をしたがると聞いている。

ただし呼ばれた方としては、上申したいことがあっても言い出す勇気もなければ、社長を納得させる論理(ロジック)も話術もなく、ただ冷や汗を流して終わるのが関の山らしい。そう考えると営業企画部の嶋原部長が言っていた「経費で申請できるよう上申してみる」とは「社長にお願いしてみる」という意味であり、もの凄く勇気ある決断だったということだ。

「部署を開設してまだ一ヶ月だが、クリニック課を利用する社員が少ないと言われた」

「た、たしかに……」

多くても一日数人が限度で、まだ二桁に届いたことがない。受診者数ゼロの日の方が、圧倒的に多いのが現実だった。

「福利厚生に利益性は要らないのだから、受動的な病院機能ではなく、会社の『課』として能動的に動くよう頼まれてしまった」

「そんなことを言われ……え？　頼まれた？」

ここは「指示された」の間違いではないだろうか。

「今度また、赤羽の『闇市』にも飲みに行きたいそうだ」

「あ……」

赤羽で、社長とサシ飲み。

「ミツくんも接待飲食は嫌いなので、一緒に飲んでくれる人がいないからな」

「ミ――」

ツッコミどころが多すぎて、危うく声に出してしまうところだった。

確かに先生は社長のことを「知り合いというより数少ない友人」だと言っていた気がする。だとしてもこの雰囲気は、かなり長い付き合いのような気がしてならない。

「とはいえ、俺はまともな社会人生活を送ったことがない。会社の『課』として、何をどう能動的にアプローチすればいいか、分からなくて困っていたところだ」

「や、先生。お医者さんじゃないですか。めちゃくちゃマトモな社会人じゃないですか」

「ぜんぜん」

「なんで即答？」

ツッコミを入れてしまってから耳までまっ赤にしている、学習しないアラサー女子。

どうしてこちらから、勝手に相手のハードルを下げてしまったのだろうか。そんな勇敢な行動など、クリニック課へ配属になるまで一度もなかったというのに。

「個人的で偏った感想で申し訳ないが、医者というのはかなり特殊な生き物だ――」

口元にわずかな笑みを浮かべただけで、先生の目は笑っていなかった。

「――日本では最短だと、二十四歳で『先生』と呼ばれてしまう。もちろん初期研修ではスキルも知識も経験も、看護師さんの足元にも及ばない。病棟に居場所もなく、隅に置かれた電子カルテ（電カル）の前で小さくなってモニターばかり見ていることもある。しかし、それでも呼称は『先生』だ。研修が終わって地方の病院にでも行くことになれば、扱いはさらに尊大な『先生様』に格上げされる」

「さすがにそれは、大袈裟ですよね？」

「呼称は大袈裟だが、扱いは『先生様』――特に地方では、普通に見られる光景だ」

「……そうなんですか」

「そのまま病院という特殊な閉鎖空間と自宅を往復しながら、とりあえず専門医や学位取得を目指す生活を始める者が多い。その後も勤務場所が変わるだけで似たような生活を繰り返し、下手をすれば大学やクラブの先輩、後輩、同級生、あるいは同じ医療職同士で結婚する者も多い。営業や接待を受けたことはあってもしたことはなく、社会のことをまったく知らずして、気づけば十年。それで三十四歳を迎えてしまうのは危険極まりない」

「社会のことをまったく知らないというのは、さすがにないんじゃ……」

「もちろん、俺が偏った確率でそういう医者ばかりを目にしてきた可能性はある。しかし会社という組織で総務や経理がどんな仕事をする人たちなのか、月の残業時間80時間がどういう意味を持つのか――フリーランスという生き方の意味も知らず、死ぬまで人生の選択肢は『医者一択』という者は数多くいる」

言われてみればフリーランスの医師、という存在を聞いたことがない。診察予定表に「非常勤医師」と書いてあっても、結局どこかの病院から派遣されて「お手伝いしている」医師ということがほとんどだった。

「でも……医師の国家資格を取ったんですから、それでいいような気がしますけど」

「だから、視野が非常に狭い」

「や……それは、そうですけど……専門職ですから」

「やがて大学病院や町の中核病院での激務に疲弊すれば、すぐに思い浮かべるのはクリニックの『開業』だ。親が開業医なら尚更で、継いで当たり前という家制度のような雰囲気が、今の時代にも普通に残っているのには驚いてしまう」

「それは、資産がもったいないからじゃないですかね」

「とあるクリニックでは。外来の診察予定表がすべて父母と息子たちで埋まってしまうので、名字では区別が付かなかった。そこで『ヨシヒコ先生』や『ジロウ先生』などと、下の名前で表記するわけだが……それを見た時は正直、理由のない違和感に襲われた」

「まぁ、たしかに……」

月曜日はジロウ先生、火曜日はヨシヒコ先生、と下の名前で埋め尽くされた一週間の外来予定表を想像すると、先生の言う違和感はなんとなく理解できる気がした。何がダメというわけではない。違和感という表現が、ぴったりだと思った。

「最悪なのは個人経営の主(あるじ)でなければならないのに、経済にも経営にもまったくの素人だということ。専門医資格を複数持ち、様々な治療ガイドラインには詳しくても、有休が労働者の権利であり取得には理由が要らないということさえ知らないこともある」

「……そうなんですか」

「だから俺はミツくんの考える『会社員医師』というものに興味を持った」

「ミ――社長、ですよね？」

「医師国家資格を持った会社員。中途採用の正社員医師。課長で医師。おもしろい」

そうだろうか。

それはただ単に、先生が変わり者だからではないだろうか。

「ショーマもああいうヤツなので、誘ったらすぐ乗り気になってくれた」

眞田さんの乗り気な様子を見たわけでもないのに、本当にその場のノリだったのではないかと疑ってしまったのは申し訳ないと思う。

「じゃあ……先生も眞田さんも、本当に社員扱いなんですね？」

「もちろん。課長だ」

医師だから病院で働き、医師だから開業して、医師だからそれなりに高収入で、医師だから国境なき医師団に入り、医師だから美容アドバイザーに――など様々な既成の枠以外に、医師国家資格を持った生き方はないかと考えたのだろう。

それに賛同したのが、薬剤師の眞田さん。

そして産業医とは異なる新しい概念「会社員医師」というポジションに声をかけたのが、先生と眞田さんと仲のいい、うちの三ツ葉社長だったのだ。

「そこで、マツさんに教えて欲しい」

「有休の取り方ですか？」

「くっ――」

今、森先生が笑いをこらえて鼻から息を吹き出したのは間違いない。

なぜこの流れで有休の話だと勘違いしたのか、恥ずかしくて仕方ない。

「す、すいません……つい」

思わず、ハンカチを取り出して握った。

申し訳ないけれど、ここから話を仕切り直していただけるとありがたい。

「いや。とてもマツさんらしくて、俺はいいと思う」

「……ほんと、すいません」

気を取り直すというか、頭を切り替えるように、先生は軽く咳払いをした。

「教えて欲しいのは『会社病』についてだ」

「なんですか、それ」

「え……？」

「や、すいません……初めて聞く病気だったので」

今度は珍しく、先生の方が恥ずかしそうに視線を逸らしている。

なんとも今日は、森先生の色々な表情が見られて楽しい日だ。

「か、会社病というのは……あれだ。その、俺の考えた造語で」

「はい？」

「つまり『一般企業で働く方たちが、なりやすい病気』というものが想像できなくて」

「あぁ、それで会社病と」

「自分でも恥ずかしいので、それ以上は連呼しないでもらえると助かるが」

先生も眞田さんも、今まで見たこともない変わり者だけど。そんな人たちと、こうして顔を見合わせて笑い合える日が来るとは思ってもいなかった。

「社内でよく聞く病気ですよね」

「そう。俺は、それが言いたかった」

「そうですね……わりと聞く話は、ドライアイですかね」

「なるほど。室内の乾燥とモニター仕事ゆえの、いかにも会社病らしいものだ」

「ですよね」

「ただそれだと、ショーマに目薬を売るチャンスを与えて終わるような……」

確かに眼科へ行ったところで、目薬を出されて終わる話だ。あえてクリニック課を受診する理由としては弱いかもしれない。

「あとは、そうですね……わりと紙で指先を切ったりしますね」

「なるほど。用紙を扱う事務仕事ゆえの、いかにも会社病らしいものだ」

「ですよね」

「ただそれだと、ショーマに絆創膏(ばんそうこう)を売るチャンスを与えて終わるような……」

確かに指を切ったところで、チリチリと痛いだけの話だ。先生に縫合してもらったり消毒してもらったりするほど、派手にバッサリ切って血まみれになるわけではない。

「うーん、あとは……」

「受診や生活指導が必要なものが望ましいと思う」

「……あっ、あれはどうです？」

「なるほど」

先手を打たれて後に戻れないこの感じは、何だろう。

しかしこれなら、間違いなくクリニック課を受診する必要がある症状だと思う。

「腰痛とか、どうです？」

「なるほど。デスクワークゆえの、いかにも会社病らしいものだ」

「あとは課長や部長クラスに、四十肩とか膝が痛いとか言われる方が結構おられますね」

「肩関節周囲炎(かたかんせつしゅういえん)など、四肢の関節痛か。睡眠時の姿勢保持やリハビリの指導、程度によっては疼痛緩和(ペイン・コントロール)と、まさに受診が必要な症状。さすが、マツさんだ」

「よ、よかったです」

さすがと言われるのは、少し大袈裟で恥ずかしいけど。先生とこれ以上「なるほど」のくだりを繰り返して、笑えないコントみたいになるのを避けられてよかったと思う。

「特に急性腰痛症——俗称『ギックリ腰』は、到底『ギックリ』などとコミカルに表現できるような痛みではない」

「らしいですね。魔女の『爆撃』って言うぐらいですから」

「……そうか。マッさんの言う通り、魔女の一撃というよりは、爆撃と表現した方が適切な激痛かもしれない」

どこでどう間違えれば、ホウキに跨（また）がった魔女が上空から爆撃してくるというのか。

これはさすがに恥ずかしすぎて、トイレに駆け込みたくなった。

「や……なんか、すいません」

「ん？　何が？」

「ちょっと……間違って、覚えてました……はい」

「あの痛みに対してはマッさんの表現の方が適切だと思うので、許可をもらえれば今後も病態説明の時に使わせてもらいたいと思っていたところだが？」

「……許可とか、そういうレベルじゃなくて」

「キャッチコピーなどの著作権は、大切にした方がいいと思う」

ちょっとトイレに行かせてもらおうかと思っていた矢先、クリニック課のドアが開いた。

「あの、すいませーん」

「はい、総務部クニック課でアァ――ッ」

いつものように、反射的に立ち上がっただけだった。これといった不自然なひねりや無理な荷重を、体にかけたつもりはない。

それなのに「バチン」と腰に音が響いた気がした直後、体の中で何かのバネが切れた。

「どうした！　マッさん⁉」

「──アァア」

そして腰から全身を貫いた、突き刺すような激しい痛み。

みっともない姿勢を元に戻そうとした時、そいつは同じ場所をまた爆撃した。

「カハァ──ッ！」

「マッさん！」

スーッと頭から血の気が引くと同時に、痛みもどこかへ消えていく気がした。

その代わり、体を支えている力も抜けていった。

「こ、腰……が」

そう告げるのが精一杯で、次第に意識が遠のき始めた。

バランスを崩して受付デスクに頭をぶつけたことは理解できるものの、痛みはまったく感じない。この激痛から解放されるためには、体中すべての電源を遮断するしかない──きっと脳が、そう判断したのだろう。

「マッさん！」

目の前に迫ってくる床に頭から落ちることを覚悟した時、ふわっと誰かが支えてくれた。

「せ、せん……せい……」

「ショーマ！　ショーマァ──ッ！」

鬼気迫る森先生の叫び声すら、遠くでぼんやり響くだけだった。

「リュウさん、なに！」

「救急カートを持って来い！」

「ちょ――どうしたのよ、奏己さん！」

「急げ！　自動体外式除細動器（AED）と経皮酸素飽和度心拍計測器（パルスオキシメーター）、人工呼吸用マスク（アンビューバッグ）と携帯酸素ボンベをよこせ！」

「分かった！」

なにがどうなっているのやら、さっぱり分からない。

ただひとつだけ分かったことは、人間は痛みで失神するということだった。

▽　▽　▽

本当に、心の底から大声で叫びたい。

こんな激しい痛みに対して「ギックリ」なんて軽妙な俗称を付けたのは誰だ――。

昨日の夜はうつ伏せなら何とか寝られたものの、そこから少しでも体を動かすには細心の注意が必要だった。もちろん寝返りを打てば、痛みで確実に目が覚める。

出勤なんてできるはずもなく、恥ずかしながら今日は「ギックリ腰」で病欠の連絡をして二度寝——と言えば贅沢そうに聞こえるけど、実際には現実逃避に近い絶望のフテ寝。うつ伏せのままベッドから出ることもできず、すでにお昼を迎えている。

「むぐ……イヤだ……」

昨日は人生初の失神を会社で経験し、すぐに意識は戻ったものの大騒ぎになった。

先生に抱きかかえられたまま、ちょっといい気になったのもつかの間。腰の激痛が、そんなお姫様気分でいることを許さなかった。

「動くの、ヤだ……」

森先生はまず脳の出血を疑い、その次は背中側にある太い動脈の内壁が剝がれたのではないかと疑ったそうだ。ヘルニアで神経が圧迫されているかもしれないと手足の痺れや何やら、ともかく先生にめちゃくちゃ触られ動かされながら診察された。緊急事態に対応できる医薬品や医療器具の揃った救急カートから取り出されたあれこれも取り付けられ、すぐに検査できることはすべてやってもらったのではないだろうか。心電図まで取り付けられた時にはかなり恥ずかしかったけど、痛みは恥ずかしさを超越することを知った。

あの勢いで「クリニック課に入院です」と言われたら、間違いなく泊まったと思う。

「でもなぁ……もうガマン、ムリじゃないかなぁ」

そのうち危険な病気ではなさそうだということが分かり、とりあえずの診断は急性腰痛症——俗に言うギックリ腰ということ。早退になった挙げ句、先生と眞田さん付き添いのもと、大型ワゴン系介護タクシーで自宅に救急搬送されたのだった。

「はぁ……行きたいけど、行きたくないなぁ」

寝たままでもこぼさず飲めるよう、ピジョン社製の乳児用ストロー付きマグ「マグマグコロン　ストロー」に入れてもらったポカリスエット。寝たままでもこぼさずカロリーが摂れる森永ｉｎゼリーと、寝たままでも囓（かじ）れる氷砂糖で空腹を満たす。こんなところで「大人のミニマル・ハンドリング」のありがたさを実感するとは想像もしなかった。

でも、トイレだけはどうにもならない。

けど、オムツだけは嫌だ。

「ヤだなぁ……トイレ、遠いなぁ」

あれだけ頻尿だったくせに、この痛みの前では十時間ぐらい平気らしい。とはいえ、さすがにそれも限界だ。それに、先生から処方してもらった痛み止めを飲む時間でもある。

「ムリだ……もうこれ以上は、ムリだわ」

ベッドを出ても、座れもしなければ立ち上がることもできない。それは昨日から何度も試しては激痛と共に心を折られて、まさに言葉通り痛感していた。

「いよ……っと」

まず腕と脚をベッドから同時に降ろして、なるべく腰を捻らないようにしながらユルユルと床に四つ這いで降りることを目指す。ピキッ——と激痛が走ったら、すぐに動作停止。

だるまさんが転んだ、の80倍は真剣にやらないとならないデスゲームだ。

そこから少しずつ痛みの走らない姿勢を探りながら、目指すは床にうつ伏せ。しかし人間のあらゆる動きに対して、腰は必ずといっていいほど関与してくるのだ。

「ぐ……なんとか、床に、降りたけど」

フローリングの埃なんて、気にしていられない。

ここからほふく前進で移動しなければならないけれど、上半身を起こすわけにはいかない。この移動を客観的に表現するなら「うつ伏せで死んだふりをしながら、気づかれないようにちょっとずつ移動する」が一番適しているだろう。

「痛――ッ！」

そうして廊下に這い出てトイレを目指し、閉めずに少し空けておいたドアに指を引っかけて開け、ここからがまたひと苦労。ベッドから降りる手順とは逆に、冷たい便器を抱えながら体を引き上げ、激痛の不意打ちに泣きながら耐えて、ようやく座ることができる。

「はぁ……温水洗浄便座で、よかった」

そこからまた、ベッドに帰還するためのロング・ジャーニーが始まる。こんなに狭い1Kのアパートなのに、トイレとの往復だけで軽く二十分はかかってしまうのだ。

「――くはっ。松久奏己、帰還しました」

ベッドでうつ伏せに戻っても、できることは何もない。

電気をつけに行く勇気も遮光カーテンを開ける勇気もないので、部屋はずっと薄暗いまま。枕元にあるのはポカリスエット、森永inゼリー、そして氷砂糖の大袋。間違ってもギックリ腰で死ぬことはないだろうと思いながらも、ひとり暮らし特有の孤独感がひたひたと襲ってくる。

ピザでも頼むか——とスマホを開いたところで、玄関までのロング・ジャーニーが脳裏をよぎる。チャイムが鳴って玄関に行くまで、軽く十分を超えるだろう。

でも大丈夫。注文してすぐに玄関前の冷たい廊下を目指し、横たわって待っていればいいだけの話——では済まないことにも気づいてしまい、さらに気が滅入ってきた。

チャイムが鳴ったら必死でドアにしがみつきながら、玄関を開けなければならないのだ。配達員さんは配達員さんで、ずいぶん待たされた挙げ句にドアを開けたら目の前に息を荒らげた女が髪を乱して立っているわけなので、間違いなく逃げ出すか通報するだろう。

「なんか、本気で泣きたくなってきたよ……」

やはり昨日、咄嗟の判断で先生に家の合鍵を渡しておいて正解だったと思う。

セキュリティ的にあり得ないと言われれば反論できないけど、先生は上司である前に主治医。総務課の課長に合鍵を渡すのとはワケが違う、と信じている。実家が遠くて親とも仲が悪いことを、この歳になるまで気にしたこともなかった。しかしこういう時に頼れる友だちも彼氏もいない現実が、孤独死まで連想させるとは思いもしなかった。

「……そういえば昨日、眞田さんがスマホに何かインストールしてくれてたような」

スマホを立ち上げると、ライトクの企業ロゴが上手いこと収まったアイコンがすぐ目に付いた。しかし正直なところ、何のアプリなのかすら覚えていない。名前が「健康ライトク」となっているあたり、もしかするとクリニック課と連携しているのかもしれない。

「間違いなく、これだよね」

さすがにこれ以上は寝ることもできず、かといって動画を見続けるにはバッテリーの残量が心許ない。とりあえず暇つぶしも兼ねて、アプリを開いてみることにした。

「え？　ライトク、社員……健康、互助アプリ……？」

ぼんやりとライトクの会社マークが浮かび上がって消えたあと、謎の社員健康互助アプリ「健康ライトク」は、有名なグループ・チャットと似たような画面を映し出した。

タップして入ってみると、そこには「腰痛ヘルプ」「発熱ヘルプ」「頭痛ヘルプ」「胃痛ヘルプ」など、様々な症状の「ヘルプグループ」がある。スクロールしていくと、中には病気ではなく「育児ヘルプ」というものまであった。

「なんだろ『ヘルプグループ』って……登録しますか？　まぁ……はい、っと……えっ、めんどくさいなぁ。これ、二段階認証なんだ」

何となく想像したのは、その症状のある人たちが集まる給湯室会議のチャット版。ただ、それをわざわざアプリにして社内に配布する理由が分からなかった。

「うーん？　あなたがヘルプできそうな、またはヘルプを求めているグループ？　手助け……励まし……経験談……って、とりあえずこの腰痛地獄にいる私としては」

オリンピック開会式の演出で有名になった青と白の「ピクトグラム」が、思いっきり腰を痛めていると分かる「腰痛ヘルプ」をタップしてみた。

これはちょっとした無料アプリで遊ぶより、暇つぶしになるかもしれない。そんな遊び半分の気持ちは、中に入ると一気に驚きへと変わっていった。

「うわ、けっこう人がいるし。なんか、わりと真面目な話をしてるんだなぁ……」

アイコンは好きに選べるものの、社内アプリだけあってアカウントはすべて実名。タップすれば簡易プロフィールに、部署まで表示される仕組みだった。

「あ、法務の岸谷さん、腰痛持ちだったんだ。えっ、北上尾工場の工場長が腰痛コルセットを使用中って……仕事、大丈夫なのかな」

ここに集った社員たちは当然、みんな腰痛経験者か今も腰痛で困っている人たちだけ。掲示板のようなチャットは当たり前のように、腰痛に関する話だけが続いていた。

(ヤバい、この感じは来る気がする)

(ニアミスじゃないですか？　コルセットか鎮痛剤はお持ちですか？)

(ニアミスw　うまいことをw)

（どんなに備えてても なる時はなるっていうのがマジで耐えられない）
（バキバキに腰が痛いわけじゃなくてなんか張った感じというかこのまま逝く感じが）
（ギックリ腰ってぜんぜん何でもない時にいきなり来るのはなんでですかね）
（わかります。私もそれがある時はめっちゃ動きがぎこちなくなります）
（あとひと押し何かあれば地獄行きみたいなあれだ）
（寒くなってもなる時ありますよね）
（だいたい何で理由もないのにいきなり腰に来るんだよマジで今日は困る）

もちろん仕事中なので、連続してぽこぽこと書き込まれるわけではない。書き込み時間を見ても、即レスだったり三十分後だったりとバラバラ。
ただ、この意味がなさそうな愚痴チャットをわざわざ作った理由はすぐに分かった。

（大柳、塩浜の倉庫課へ行くの代わろうか？）
（それは悪いです）
（あそこ行ったら絶対梱包手伝わされるだろ。あの姿勢、地獄だぞ）
（岸谷さんも腰悪いのに無理しないでください）
（オレ今日コルセットしてるし、上手いこと言って逃げれるし）

（あー、西岡主任と同期でしたっけ）
（どうせ販売課に顔出す用事もあるし）
（いいんですか？）
（その代わり明日、南砂の車両整備課へ行ってくれる？）

同じ症状を経験した者同士にしか分からない、その辛さ。腰痛を経験したことがなければ、中腰で商品の梱包作業を手伝わされる苦痛は理解できないだろう。それは、いつまたあの激痛が不意打ちしてくるか分からないという恐怖でもあるのだ。

「だよね。他人の腰痛事情なんて、普通は知ることもないけど……ここで共有しておけば、手伝うとか交代するとか、色々と調整できるもんね」

そのことをわざわざ「オレ、今日は腰が痛いんですよねー」と口に出せば、あまりにも感じが悪すぎる。かといって腰痛を経験したことのない相手には、その辛さがどれぐらいのものか伝わることはなく、ただ単に仕事をサボりたいようにしか聞こえないだろう。

そういったよくあるけれど辛い症状や不安な症状に対するヘルプグループが、腰痛に限らずこのアプリにはたくさん用意されているのだ。

（倉庫課が梱包を手伝わせるとは初耳。けしからん。きつく言っておく）

（そのあたりは昔からの慣習なんで大丈夫ですよ）
（です）
（大丈夫では済まない。慣習で腰を痛めつけられるようではうちが困る）
（部長、ちょっと電話しますので出てもらえますか？　ここ腰痛ヘルプですから）

その後はなぜか、部署間で揉めそうな雰囲気が漂っていた。しかしこれもまた職場の風通しが良くなったというか、社内問題を知るきっかけのひとつになって、いいのではないだろうか——ということに、今はしておきたい。

「へー。腰痛コルセットをしてると、胃酸が逆流してくることもあるんだ」

ぼんやりスクロールしながら、たくさんの腰痛経験談を読むのは意外に楽しかった。というより、安心したと言った方がいいかもしれない。

ともかく、みんな腰痛で苦労したことのある人たちばかり。だから「たかが腰痛で」とか「○○しておけばＯＫ」とか、上から目線でマウントを取りに来たり、テキトーなことを言う人がひとりもいない。ましてやそれが同じ会社の人間だということもあり、妙な仲間意識と共に、同情や共感が湧いてくるのは不思議な感覚だった。

（クリニック課の受付の人、大丈夫だったのかな）

（総務から異動した人？）

（失神したってよ）

さすが、腰痛ヘルプグループ。昨日の夕方には、すでに話題の人になっていた。

（それ絶対ヤバい痛みMAX（マックス）レベルのヤツですよ）

（あそこの課長はお医者さんだから大丈夫だと思うけど一週間は休ませてあげたい）

（MRIとか撮ったのかな）

（ヘルニアだとこれからが大変だよ）

（腰痛って言うと、はいはい腰痛ね、とか軽く見られてすごくイヤな気分になります）

（さすがに医療事務はできないけど何かお手伝いできないか顔を出してみようかな）

何と表現したらいいか分からない、初めての気持ちが湧き上がってきた。

部署は知っているけど、見たことも話したこともない人たち。そんな人たちが、今まで触れあうこともなかった自分の心配をしてくれている。これは所属部署に対する帰属意識とはまた違う——大袈裟に言えば、孤独感が和らぐものだった。

「けどこれSNSみたいに、知らずにデマを拡散しちゃうことにはならないのかな……」

そんな素人が考えるチャットの危険性は、いきなり驚きの方法で解決された。

（俗称「ギックリ腰」とは多くの場合【非特異的急性腰痛症】と呼ばれ、実は今も確立された治療方針はなく、診療ガイドラインさえも出されるごとに内容が違う【未開の症状群】と言っても過言ではありません）

「ちょ――これ、先生でしょ！」

ピコンと入って来たアイコンは、思いっきり森先生の顔を切り抜いた写真。チャット・アプリにもかかわらず全力で長文なのは、きっとまたノートパソコンからキーボードを連打しているからに違いない。

（ということは先生、腰痛には治療方法がないということですか？）
（初めまして。課長の森です）

チャットでも課長にこだわるとは、なかなかのものだと思う。

（残念ながら①脊椎とその周辺運動器由来、②神経腫瘍由来、③泌尿器系や婦人科系などの内臓由来、④動脈瘤などの血管由来、それら以外のいわゆる最も一般的な非特異的急性腰痛＝ギックリ腰や慢性腰痛症に対しては、疼痛緩和、患者教育、自己管理としか、明記されていないのが現状です）

（ガイドラインなのにそれはすごいショックです）

（腰が痛くなってきたら温めればいいんですか？　冷やせばいいんですか？）

（診療ガイドラインでは温めるとありますが、実際の超急性期では――）

常駐ではないにせよ、医師が監修するグループチャットほど安心なものはないだろう。

もしかすると先生はクリニック課を受診するハードルを下げるために、その前段階として気楽に相談できることを、このアプリを配布して体感して欲しかったのかもしれない。

それが功を奏したのか、堰を切ったようにみんなからの質問攻めが続いていた。

（――ということで、マツさん）

「はい――――ッ!?」

他人事のようにツラツラと読んでいたら、いきなり名指しされた。

まさか先生の端末からは、ログインしているのが見えるということなのだろうか。

（今日の仕事帰りにショーマと、マツさんと同期であった総務課の女性社員である鈴木紗歩さんと一緒にご自宅へ往診に伺おうと思っていますが、よろしいでしょうか？）

「えっ！　紗歩を連れて来るの⁉」

紗歩が自らお見舞いを買って出たとは、とても思えない。きっと眞田さんが気を使って女性を交ぜたのだろうけど、紗歩を家に上げたことは一度もない。かといってこの部屋で先生と眞田さんに囲まれるというのも、想像しただけで恥ずかしくて耐えられない。

（在宅での姿勢保持や湿布の交換、着替えなど、鈴木さんにお手伝い願おうかと）

（もちろん不都合があれば見あわせますが、おそらくその強度の痛みでは日常生活もままならない状態ではないかと類推していますがいかがでしょうか）

（補充すべき物資はこちらで推測して持参しますので確認は不要です）

「待って、先生。長い、速い」

このスピードと文量、あのキーボードで連打していると考えていいだろう。うつ伏せのまま、苦手なフリック入力でなんとか応戦するしかない。

（お疲れ様です。お仕事の返り）

「あ、送信しちゃった……ちょ、誤字だし」

横向きになれると少しは楽だけど、完全にうつ伏せ状態での入力は、わりと両腕の付け根が痛くて長続きしない。しかしその間も、先生のキーボード連打は止まらなかった。

（鈴木さんのご都合もありますが、17時の定時には出発する予定でいます）

（もちろん我々男性陣が女性宅へ上がり込むのもいかがなものかと思いますので、その際には鈴木さんに説明させていただき処置などをお願いすることも考えております）

「止めて。先生、ちょっと打つの止めて」

他の人たちが、ひとことも書き込まずに見守っている。いや、あきれてアプリを閉じて仕事に戻ったのかもしれない。どちらにせよ、発言待ちをされると入力ミスが増えるし、予測変換でおかしな文章になってしまう。そしてちょっとでも姿勢を変えようとすると、ピキッ――と腰に痛みが走って変な声と汗が出る。

どのみち昨日、自宅へ救急搬送された時に部屋の中は見られている。アリ寄りのナシ、ぐらいの部屋着しか持っていないけど仕方ない。それに着替えて制汗スプレーをまき散らしておけば、なんとか色々と誤魔化せるような気がする。

「……もう、いいや。人生、諦めが肝心だし」

どのみち患者なのだから、恥ずかしいという気持ちは捨てた方がいいだろう。


（お手数をおかけいたしますが、よろしくお願いします）

（それでは到着前にご連絡いたします）


その一文を最後にチャットは途絶えた。

そして17時までにマシな部屋着に着替えるという、ハードなミッションが始まった。

▽　▽　▽

ローテーブルで午後の紅茶を飲んでいる眞田さんは、どう見てもV系ホストだった。

まさか黒ジャケットにサテン系のテラテラした紫シャツで通勤とは――似合いすぎる。

「奏己さーん。やっぱオレら、邪魔じゃなかったです？」

「や、とんでもない。こんな私のために……ホント、このご恩は一生忘れません」

眞田さんが気を使うのも当たり前だと思う。

案の定、紗歩は「急用ができた」ので来られなくなったそうだ。もちろん最初から来るつもりはなかったのだろうけど、ふたりに言われてその場では断れなかったに違いない。

「なに言ってんですか。そこまで卑屈にならなくても」

「だって……」

気が引けないわけがない。

コンロがひと口で、まな板も一番小さいものしか乗らないぐらいの台所ユニット。そこに白シャツの袖をまくって自前のエプロンをした森先生が、大量に持ち込んだ自前の調理器具で、大量に持ち込んだ食材を、異常に手際よく調理している。

「あー、リュウさんは気にしなくていいっスよ。あれ、趣味だから」

なのにアラサー女は、腰を痛めてベッドでうつ伏せのまま寝ている状態。来て早々に腰の湿布を張り替えてもらい、枕元のポカリやinゼリーも補充してもらった。

先生が言うには、腰に対して可能な限り垂直にのみ力がかかるような座位や立位を取れば、痛みの頻度は減るのだという。極論、姿勢を正して体を一切曲げず歩き、そのままスッと垂直にイスへ腰を下ろせばいいらしい。その「中継姿勢」が取れるように、ベッドのそばやトイレの前、それから玄関先に折り畳み式の「踏み台」を置いてくれたので、これからは部屋を移動する際に腰を下ろしてひと休みできる。

あとはこのうつ伏せから立ち上がるまでが勝負ということで、クッション付きの硬めのパネルが腰当て部分に入った、ベルクロで調整できる「腰サポーター」までもらった。

つまりこの1Kのアパートには今、出張介護ホストがふたりも来ていることになるのだ。

「眞田さん。先生って、料理が趣味なんですか？」

「や。正確には『何か作ること』が趣味かなぁ」

「何か……？」

午後の紅茶の缶を傾けてキューーッと飲みきると、眞田さんは長い昔話の中から何を話そうか悩んでいるように見えた。

「そうですね……オレが知ってる限り、家の中で作れる物は何でも作りたがりますね。知り合ってすぐの頃は、とにかくロボット系のプラモばっか作ってましたよ」

「プラモ！」

「エアブラシを使うための塗装ブースに排気管、それから防塵マスクは常備。ワンオフでパーツを自作するための、シリコンからレジンにまで手を出してましたからね」

専門用語が多すぎて何が何やら分からないけど、ともかく本格的だったに違いない。勝手に想像した部屋の様子は、趣味の範囲を超えた「ザ・工房」だった。

「その次は、自由にポーズが取れる30cmぐらいのミリタリー・フィギュアだったかな」

「フィギュア！」

「部屋中、めちゃくちゃ精巧にできてるアメリカ兵だらけになってました」

何となく、プラモからフィギュアへの変遷は理解できるような気がした。どうりで社内救急要請があった時、戦場に行きそうな砂漠色のベストを着ていたはずだ。

「あとはシルバー・アクセサリーを作るって銀粘土を焼いたり、革細工で小物入れとかバングルとか……ともかく室内で作れる物は何でも作ってましたけど、いろいろ物作りを追求しすぎた結果、自分の為に作ることに飽きちゃったんですよ」

「……はい？」

「だいたいモノを作って誰かにあげるにしても、限度っていうか節度があるじゃないスか。そもそも興味のないものをもらうのって、もはや嫌がらせか拷問ですからね」

「まぁ、確かに」

「けど、リュウさん。悪意もない代わりに、そういう感覚もないから大変だったんスよ」

「……それ、なんとなく分かるような気がします」

「あ、分かります？　めちゃくちゃリアルなロボットプラモを軍団でもらっても困るし、どこのミニチュア戦場に派兵するのかツッコミたくなるほどアメリカ兵のフィギュアをもらっても、飾る場所もないし困りますよね？」

なるほど。どうやらこれは、眞田さんの体験談のようだ。

「それで、料理に？」

「我ながら、あれはナイスな誘導だったと思います」

「誘導……眞田さんが仕向けたんですか」

不敵な笑みとドヤ顔の混ざった、悪魔的眞田さんが降臨した。

「オレ、料理とか全然作れないんですよ。しかもまったく自炊をしたいとも思わないから、これっぽっちも上手くなるつもりがない」

「いいんじゃないですか？　今の時代、別に生きて行く上で困らないですし」

「いやいや。これはもう、リュウさんに作らせるしかない。ご飯なら毎日もらっても、大量にもらっても、まったく困らない。そう思いません？」

「それはちょっと……何てコメントすればいいか」

悪魔的眞田さんの表情が、一瞬で純粋無垢な少年を思わせる笑顔に変わった。これだけ表情豊かだと、見ているこっちまで楽しくなってくるから不思議だ。

「だからシェアハウスで一緒に住もうって、昔からずっと誘ってるんですけど――」

メガネの奥で一点を凝視したまま止まった眞田さんの視線が、いきなり見開かれた。

「――あぁっ!?　ミチヨ！」

「え――痛ッ!?」

ここでいきなり謎の女性「ミチヨさん」が出てくるとは、さすがに腰も驚いてしまう。

「ちょ、なにパニクってんのよ！　危ない、危ない！　タマキも、どうしたの！」

「タマキさんも!?」

どうやらこうして話している間も、スマートグラスで何かを見ていたようだけど、女性ふたりがパニックになっている状況が尋常でないことは間違いないだろう。

ただ、その前に。

眞田さんは常にそのふたりをスマートグラスで観察していたという、恐ろしい事実を認めなければばならない。さすがにそれを愛と呼ぶには、危険すぎると思う。

「どうした、ショーマ」

エプロンで手を拭きながらふり返る先生が、かなり非実在的男子すぎて胸にグッときた。

でも今は、それを堪能している場合ではない。

「悪ぃ、リュウさん。理由わかんねぇけど、ミチヨとタマキがパニクってんだ」

「すぐに帰れ」

先生まで言葉短く顔色を変えるところを見ると、状況はよく分からないけど速やかな対応が求められていることに間違いはなさそうだ——とはいえ。まずは電話した方が早いのではないか、と思わないこともないこの違和感はなんだろう。

「けど、リュウさんひとりになるし」

「いいから、急げ。手後れになる」

「奏己さんも、ごめんね。お見舞いに来たのに」

「えっ⁉　いえいえ、私のことはいいですから」

言い終わる前に、眞田さんはふり返ることもなく部屋を出て行った。ちょっと何がどうなっているのかサッパリだけど、ともかく緊急事態なのだろう。

先生も大きく肩で息を吐いて、安否を気使っているようだった。

「ひどい怪我が、なければいいが……」

ここで問題発生。この話、どういう切り口で聞けばいいのだろうか。

こんな時に活躍する会話術を、ずいぶん前に本で読んだことがある。話し下手でも、やんわり会話に入った風に振る舞えるマジックワード。それは会話のどこかに「どう？」と入れて、漠然と話を相手に振り返すこと。つまり今の場合なら――。

「――せ、先生。ミチヨさんとタマキさんって、どうなんですか？」

だいたいこれで決まるはず。なのに、森先生はこちらを見たまま無言でフリーズしていた。今まで無敵を誇っていたこの「テキトー会話術」が通じないというのだろうか。

「ミチヨさん……タマキ、さん？」

「ええ……そのあたり、どうなのかなと思いまして」

「どうだろう。前にパニックを起こした時は、ベランダに来たカラスが原因だったが」

何も判明しそうにない答えが返ってきたけど、まずはこれで成功。次は新たに入手したキーワード「カラス」を会話に入れていけばいいだけなのだ。

「おふたりとも、相当カラスが苦手なんですね」

「……おふたり？」

「ええ……そのあたり、ど、う、なのかなと思いまして」

ベッドでうつ伏せに寝たままのアラサー女と、その側で正座するエプロン男子。先生がまたショートフリーズした後、新たなキーワードを投げかけてきた。

「ミチヨとタマキだけでなく、サンキチもカラスは苦手だと思うが」

「サ……サンキチ、さん？」

「おとなしい性格だが、とてもいいヤツで俺は好きだ」

困った。正直、ここにきて新キャラの登場は反則だと思う。

でもまだ、話を引っ張る可能性は残っている。

「その、サンキチさんって……ミチヨさんとタマキさんとは、ど、う、なんです？」

「親子だが？」

「親子！」

「タマキとサンキチ夫婦の子どもが、ミチヨだ」

もう無理。限界だとは思うけど、最後のあがきをしてみることにした。

「すると、あれですね……そのご家族を、眞田さんが心配されて……スマートグラスで」

「そう。最初のオカメパニックで、ショーマの方がパニックを起こしてしまったのがきっかけだ。それ以来、自宅にＩＰカメラを設置して不在時もスマートグラスに映しながら仕事をしているが、業務に支障を来したことはないので安心して欲しい」

「ちょ、待ってください。オカメ……パニック？」

「オカメインコ。インコと名は付いているが、オウム目オウム科の鳥だ。非常にデリケートで知的に高く、おそらく最低でも人間の二、三歳程度の言語理解と認知機能があるのではないかと個人的には推測している。時には人間と同様にパニックを起こして、ケージの中で怪我をしてしまうことがあるらしい」

「そうですか……それで先生は、柳のリースを作ってたんですね」

確かオカメインコは、かじるオモチャが大好きだと聞いたことがある。手作りなら何でも大好きな先生が、黙々とバード・トイを作り続けている姿が目に浮かんだ。

これも料理同様、きっと眞田さんが仕向けたに違いない。

「そんな些細な話、よく覚えていたものだな」

「まぁ……わりと印象に残ったので」

「そもそも他人の飼っているオカメを『ちゃん付け』ではなく『さん付け』で呼ぶ人間を、今までごくわずかしか見たことがない。それも加味すると、マツさんはかなりオカメインコが好き——というより、リスペクトしているのでは？」

とりあえずオカメインコを「さん付け」で呼ぶ人がいることに驚いたけど、妙齢女性と勘違いして勝手な想像を膨らませていた人間もここにいるので良しとしたい。

「見たことないので、一回は実物を見てみたいですね」

「さて、マツさん。俺ひとりになってしまったことだし、あまり女性の部屋に長居すると対外的に誤解が生じる可能性があるので、そろそろリハビリを始めようと思うのだが」

「誤解っていうか……え、リハビリ？　あの、オカメ……の前に、お料理は」

さすが先生、話の方向転換が激しすぎてついていけない。

「すべて終わらせた」

「待って待って、何をです？」

「炊飯器にはタイマーをかけておいたので、あとで海老ピラフができたら食べて欲しい」

「炊飯器ピラフ！　そんなものまで作ってたんですか!?」

「作ってはいない、必要な物を入れてセットしただけだ。炊飯器がちょうど高さ的に腰を曲げなくて良い位置にあったので、今日はそれを主食にすればいいと思う。だからキッチンまでひとりで行けるためにも、これからやる姿勢リハビリは必要なことだ」

「あの……まさか、持ってこられた調理器具も使って？」

「圧力鍋か。あれは副食に豚の角煮を作るために持って来たものだ。これも台所に置いた鍋から直接取れる高さにあるので、腰を曲げる負担はほぼないと思う」

「なんか……すごいメニューを組んでいただいたみたいで」

「それからみそ汁は、かき混ぜながら加熱しないと突沸を起こして危険なので、そこだけは忘れないで欲しい」

「わ……かりました。気をつけます」

「あとはコールスローが冷蔵庫に入っているが、これは腰を曲げないよう、手前に置いてある折り畳み踏み台に座ってから冷蔵庫のドアを開けるように」

踏み台、何個持って来たのだろうか。

「難しいようなら明日破棄するので、決して無理をせずそのままにしておいて欲しい」

「えっ！　明日も⁉」

「腰痛管理で最も重要なことは『またあの痛みが襲ってくるかもしれないという恐怖』『あの痛みには勝てないという無力感』『痛みを実際より大きく想像してしまう拡大視』を減らし、日常生活や職場への復帰に遅れを出さないことだ」

「は、はぁ……」

「そのためにも疼痛コントロールに、フェキソフェナジン塩酸塩錠25mgの内服や湿布は躊躇わず使っている。それと同様に大事なのが、急性腰痛の病勢に即したリハビリだ。一回やって終わり、というわけにはいかないことを理解してもらいたい」

「あの……そういう方向で驚いてるんじゃなくて」

「リハビリとは、すべてを元通りに戻すことだけを意味するものではない。作業を無理なく行うための工夫や力の入れ方、筋肉の使い方の取得もリハビリだ。腰痛症状を認めながらも、いかに日常生活を円滑に送れるようにするか、できるだけ痛みなくひとりで腰の湿布を張り替えられて、踏み台イスに座って休憩しながらひとりで部屋の中を歩けるように、姿勢の取り方などをぜひ会得してもらいたい」

　先生の熱弁は止まらなかった。

　こんなに地味な腰痛アラサー女のために、もの凄く真剣に考えてくれている。この際、明日も来るつもりでいることは受け入れることにしよう。どの角度から見ても悪意が微塵も感じられないし、たぶん予想が当たっていれば眞田さんも連れて来るつもりだろう。

「明日はショーマの手も借りられるので、より楽にリハビリが行えると思う」

　言うまでもなく、そのつもりだったらしい。

「それではまず、ゆっくり仰向けになってみようか。イージーに、イージーにな」

「は、はい……イージーに、ですね」

　イージーに、の意味はいまひとつ分かっていないけど。とりあえず体に余計な捻りを入れず「棒になったつもり」でゆっくりと寝返る、ということでいいと判断した。

「次に腰サポーターを違和感のない場所に当て、腹側で少しキツいぐらいに締める」

「……はい、っと」

「仰向けのまま腹筋運動のように座位になることは、激しく腰帯筋を使うことになるのでやらないように。もう一度、うつ伏せに戻って」

「え……？　あ、はい」

またもや、棒になった気分でゆっくりゴロンとうつ伏せになった。

「そして無様に潰れたカエルのような姿勢で、脚をやや広げてベッドの端まで移動」

分かりやすくて痛くない姿勢だけど、もう少し他の表現はないものだろうか。

「そこから腰を曲げないように水平を保ったまま、脚から下半身をゆっくり降ろして」

腰サポーターが「腰の位置」を意識させてくれるせいか、縛って筋肉を補助してくれているせいか、ひとりでトイレに行っていた時のような痛みは走らない。この優秀な腰サポーター、お値段はいくらぐらいなのだろう。

「そこから相撲取りが土俵で背を正したまま取る姿勢の……あれだ、M字開脚になって」

「そ、蹲踞(そんきょ)の姿勢……ですか？」

「そう。俺はそれが言いたかった。ともかく背すじを曲げないで、ゆっくり」

先生がM字開脚の意味を知っているかどうかは別として。基本はともかく、背中を丸めない＝腰を垂直に維持して曲げないことらしい。とりあえずベッドの側に降りて、土俵入りした相撲取りみたいに姿勢良く腰を落とすことはできた。

「よし、いいぞ。あとは膝と太ももの筋肉だけを使い、背中を伸ばしたまま垂直に立ってみよう。いいか、安心して。隣にいるので、痛みが走ったらすぐに摑(つか)まればいい」

「わ、わかりました」

「カウント3（スリー）でいくぞ」

「はい！」

「1（ワン）、2（ツー）――」

「えっ！　もう!?」

「――3（スリー）ッ！」

「いよっ！」

膝と太ももにめちゃくちゃ負荷がかかったけど、痛みなしでベッドから立位になれた。

アルプスの少女の友だちが車イスから立った時の気持ちに、少しは近づけただろうか。

「先生、やりました！　痛くないです！」

「よし、いいぞ。完璧だ。さすがマツさん、やればできる。恐れるものなどない」

　これ以上ないほどアゲられて恥ずかしいものの、素直に嬉しいのも事実。褒められて伸びるという意味を、この歳になって理解するとは思いもしなかった。

「次はどういう歩き方なら腰が痛くないか、実際に探りながら歩いて学習だ」

「はい！」

　先生が隣にいてくれるおかげで、肩に掴まらせてもらったまま安心して歩行のリハビリができる。だから腰に痛みが走っても、その時どんな姿勢になっていたか、どこに力が入っていたか、慌てず冷静に考えることができた。

「どうだ。自分なりの歩き方や力のかけ方が、何となく分かってきただろうか」

「なんとなくですけど……右脚を出すときに注意が必要な気がします」

「その調子だ。あとは簡単。その経験を蓄積していけばいい。今の腰痛状態に合った『痛みのない歩き方』や『痛みのない姿勢』は、意外に早く取得できるかもしれないな」

一緒にご飯を食べながら痛くない姿勢を探し、一緒に玄関まで歩いてみながらドアを開ける時の痛くない姿勢も練習した。

結局そうやって、気づけば先生とのリハビリは夜八時を過ぎていた。これが明日もできるのかと想像すると、こんな人生でも悪くはなかったと許せてしまうから不思議だ。

人には、誰かを頼らざるを得ない状況がいつかは来る。

そうなって初めて、人の親切が本当の意味で身に染みることを痛感したのだった。

▽　▽　▽

贅沢すぎる自宅リハビリのおかげだろうか。

当初予定していた一週間より、三日も早く出社できる腰の状態になった。

とはいえ、この腰痛を経験することで「世界は一変した」と言っても過言ではない。

まだ急性期を過ぎていないということで、フェキソフェナジン塩酸塩錠も頓服ではなく朝・夕の一日二回で内服をしているし、同じ成分の湿布も毎日貼っている。その上、先生がオススメする腰サポーターまで着用している。

それでも。今まで気にしたことすらないものが、ともかく怖くてたまらないのだ。

まずアパートを出れば、すぐ階段がある。自宅の最寄り駅はエスカレーターで改札に行けるけど、降りる駅はエレベーターしかない。それだと反対側の南口に出てしまって遠回りになるので、手すりを松葉杖のように頼りながら階段で降りる方がまだマシだ。

つまり今まで一度も「階段の手すり」という物に対して敬意を払っていなかったことを、本当に心からお詫び申し上げたい気持ちで一杯になってしまうのだった。

道路ではロケット弾のように飛び交う電動自転車を瞬時に避けられないし、横断歩道では青信号が点滅し始めたらもう渡れないので、駅に着いてから会社までの時間は三十分を優に超えてしまう。挙げ句に会社の入り口にあるわずかな階段すら、背すじを伸ばした姿勢を崩さず慎重に上らなければならない。

バリアフリーと手すりは、社会的に絶対不可欠な思いやりだと痛感する日々だ。

「こんにちは。診察券の代わりに、こちらへＩＤをタッチしてください」

「松久さん、もう出社して大丈夫なんです？」

この方は「腰痛ヘルプ」にも登録されていた、法務部の岸谷さん。梱包を手伝わされる後輩を気使い、自分も腰が悪いのに塩浜の倉庫課へ代わりに行かれた優しい人だ。

「あ、ありがとうございます。先生と薬局課の眞田さんが、診療報酬請求機器（レセコン）のモニターとキーボードの位置を高くしてくださったので」

「えっ？　それ、立ったまま使ってるんですか？」

「いえいえ。こういう感じで、ほぼ立ったまま座面にお尻を乗せられる椅子があって」

出社して一番驚いたのはモニターとキーボードの位置ではなく、もうひとつ別に用意されていたロボット工学的な何かを連想させる、立ったまま座れる椅子——というよりは、下半身の装具に近いものだった。

元々は手術室で同じ姿勢のまま立ちっぱなしの上に集中力も途切れさせてはならない、過酷な条件下で手術を行う医師用に開発された立派なものだという。でもその外観がさすがに近未来の外骨格装置（パワードスーツ）すぎて、ちょっとどうしていいか反応に困っていたところ、眞田さんがこの「立ったまま座れる椅子」を用意してくれたのだった。

「それ、いいなぁ……うちはフリーアドレスになったし、年度末に申請してみようかな」

「お昼休みにでも、座り心地を試してみませんか——あ、こんにちは」

以前はこの作業服を着た男性のような、開発本部系の人を見かけることはまずなかった。

わずか四日ほど空けている間に、クリニック課へ来る患者さんがずいぶん増えているけど、これは明らかにあの「社員健康互助アプリ」が影響しているのではないだろうか。

「受診は初めてですか？」

「あ、はい。技術管理部の田端です」

「今日は、どうされましたか？」

「おれ今まで、ずっと偏頭痛だと思ってたんですけど……なんていうか、自分のは違うっぽいっていうか……頭痛ヘルプで、そういう話を見たんで……ちょっと相談に」

「それではカルテをご用意しますので、その間に問診表に今までの経過や心配な点を記入されながら、おかけになってお待ちください――」

やがて時計がお昼休憩になると、頭痛、じんま疹、腹痛、微熱と、ヘルプグループにある症状の方たちがさらに受診するようになってきた。

今日はすでに、十人を超える患者さんが受診している。

問診表を見ている限り、今まで出されたお薬を漠然と飲み続けていた人や、病院に行っても「検査は正常です」で帰されていた人が目立った。そして先生の言うとおり、大きな病気をしたことがない故に「かかりつけ医」のなかった方たちの受診も、着々と増えているのではないだろうか。

「――お大事になさってくださいね」

そんな人たちがお昼休憩を利用して気軽に受診できる場所であり、時にはカウンター越しに眞田さんと無駄話をしているようで、気づけば健康相談ができる場所――それが、総務部クリニック課のあるべき姿に違いないだろう。

「マツさん。ちょっと、いいだろうか」

「あ、先生。午前の患者さんは、さっきの方で最後です」

「そ、そうか。それより、その……立ったまま座るイスは、腰に合っているだろうか」

「はい。モニターとキーボードの高さといい、このイスといい、色々とご迷惑をおかけして申し訳ありま――」

「いや、そうではなく」

「――え？」

「そうか……やはり、ショーマのイスの方が合っていたのか」

その残念そうな顔を見ていると、先生と眞田さんの用意した椅子のどちらが選ばれるか、勝負していたような気がしてならない。

「や。先生のアレはアレで、悪くなかったんですけど……」

そこへ見計らったようにドアから飛び込んで来たのは、眞田さんだった。

「ねぇ、奏己さん！　オレの選んだイス、座ってみてどうでした!?」

「ありがとうございます。おかげで、楽に……その、仕事ができました」

本当に感謝しているのに、先生がもの凄く「負けた感」を醸し出しているので素直に言いづらい。眞田さんがチラッと先生を見ているあたり、おそらく競い合っていたのは間違いないだろう。ふたりとも、こういうところは本当に大人げないと思う。

「奏己さんのことがあってから、サポーターやコルセットの問い合わせが急に増えちゃって。腰、肩、膝、手首のサポーター、揃えちゃいましたよ」

「あ……ホントだ」

ショーマ・ベストセレクションの棚が、だいぶ埋まってきていた。この調子だともうひとつ棚が増えるのは、時間の問題のような気がしてならない。

「特に肩関節周囲炎のサポーターは、案外ドラッグストアでも売ってないスからね」

「肩関節……？」

「俗に言う『四十肩』『五十肩』ってヤツですよ」

「あぁ、アレの正式病名なんですか。わりと困ってる人、多くないです？」

「サポーターも大事ですけど、寝る時の肩枕とか姿勢指導だけで、ずいぶん楽に寝られるようになるんですよ。それにリハビリも、発症してからの経過に合わせて指導していくと、半年ぐらいで回復離脱できる人が多いんですけど――ねっ！　リュウさん！」

「……では、マツさん。午後からもよろしく」

「ちょ、リュウさん。まさか、ヘソ曲げてんの？」

そんなに落胆するようなことでもない気がするものの、よく考えたらあの高性能な腰から両脚の外骨格、お値段はいくらするのか――怖くてスマホで調べる気にならなかった。

お買い上げではなくリース、いや一日単位のレンタルであることを祈るしかない。

「おふたりとも、ありがとうございます……とりあえず、お昼に行かせていただきます」

あれこれ親切にされすぎて、実は長い夢オチでしたという最悪な事態すら想定してしまう。とりあえず夢から覚める前に、贅沢にもエレベーターに乗って社食へ行くことにした。

「あ、松久さん。もう、出社して大丈夫なんですか？」

「えっ⁉ あ、すいません！ ちょっとまだ、腰が不安なもので！」

声をかけてくれた女性が誰か分からないのも問題だけど、この狭いエレベーター内で何を謝っているのか分からないのも問題だろう。

たぶん、たった一階分をエレベーターで降りていることに対する負い目が、そうさせたのではないだろうか。久々の緊張で、降りたらとりあえず行き先はトイレに変更だ。

「腰痛持ちには、エレベーターってホントにありがたいですよね」

「そ、そうですね……私も腰痛になってなかったら、分からなかったと思います」

わざわざ「開」ボタンまで押してもらいながら、エレベーターを降りる際にお辞儀もできない辛さ。あとで「あいつ感じ悪いよね」と噂にならないか少し心配になってくる。

そんな些細なことで動揺しながら、せめてＩＤカードで所属先ぐらい確認すれば良かったと後悔したものの、おそらく「腰痛ヘルプ」に登録している人ではないだろうか。トイレの個室で登録者を確認してみようと一瞬だけ思ったけど、それは止めろと直感が囁いた。

動作のすべてに細心の注意を払わなければ腰に大ダメージを受ける場所、それがトイレ。優雅にスマホなど開いている余裕はないのだ。

「あぁ……腰サポーター、大事だわ」

床に何か落として激痛の恐怖に戦(おのの)きながら拾うこともなく、使い慣れたはずの洗面台で手を洗いながら、ふとしたことに気づいた。

この洗面台、腰をほとんど曲げなくても手が洗えるのだ。

「確かこれ、ウチの新ブランドじゃなかったっけ」

間違いない。洗面台の隅に貼られていた小さなシールは、ライトクの会社ロゴ。つまり今まで気づいていなかっただけで、この使い勝手のいい洗面台には、平均的な女性の身長なら腰を曲げなくても済む高さ設計というこだわりが込められていたのだ。

まさかライトクが、小学校の道徳で習った「相手の立場に立って親切にする」ということをコンセプトにしているとは思いもしなかった。

いや。清掃美化に関する製品は、基本的にそのスタンスでないとダメだろう。目立たず息を潜めて仕事をしているだけでは、七年経ってもそんなことにすら気づけないのだ。

「ギックリ腰で、本当に世界観が変えられちゃったなぁ……」

そして社食でお釣りを床にぶちまけてフリーズしている腰痛アラサー女を見て、わざわざ食事を中断して拾いに来てくれた技術管理部の田端さん。

痛みを共有し、相手を理解するために開発された、社員健康互助アプリ——あれがあれば、この世界は想像しているより、ずっと人に優しくすることができる気がする。

そんなことを心から思った午後二時の遅いお昼ご飯は、大好きなキーマカレーだった。

【第五話】私がタオル地のハンカチを手放せない理由

ようやく腰サポーターをはずしても不安なく通勤できるようになって、すぐのこと。

朝の玄関前掃除がいつになく大人数でおかしいと思いながら社内に足を踏み入れると、廊下でウロウロしている人が妙に多くて、その空気は張りつめていた。

「お、おはようござい……ます」

いつもは誰も相手にしない、ただの挨拶。なぜ怯えるような視線をこちらに向けた後、なんだ脅かすなよと言わんばかりの安堵が流れるのか分からない。そもそも始業前に、総務課の課長が一階廊下の掲示物を貼り直している姿など初めて見ることだ。

「なんだろ、なんか変だな……おはようございます」

訳もなく不安に思いながらクリニック課のドアを開けると、そこはいつも通りだった。

「はよーっス」

「おはよう、マツさん」

眞田さんはセレクト商品を棚に並べながらスマートグラス越しにオカメたちに話しかけ、

森先生は朝からキーボードをバチバチ打っている。最近どうやってもこのふたりより早く出社できないので何時に来ているか聞いたことがあるものの、遅刻ではないから気にしなくていいと教えてもらえなかったので、それ以上は聞かないことにしていた。

「先生。今日、社内で何かあるって聞いてますか？」

「ん？　それは、どういうことだろうか」

「や。朝から雰囲気が、ちょっと変じゃなかったです？」

先生は気づいていないようだけど、やはり眞田さんは違った。

「誰か来るんじゃないスかね」

「……来賓ですか？　まだ、始業前ですよ？」

「時間外訪問がOK（オッケー）ってことは、それなりにエラい人って可能性が高いですね」

「ですよね」

「だってこの時間帯に廊下で掃除機をかけ直すとか、それ以外に考えられないっしょ」

そんな会話に、先生だけが首をかしげていた。

「なぜショーマは、それほど周囲の変化に敏感になれるのだろうか」

「リュウさんが気にしなさすぎなの。まぁ、だからこっちもラクなんだけど」

「前から何度も言っているが。そんなに気を張り巡らし続けて、疲れないのか？」

「前から何度も言ってるけど。これは生物の危機回避能力として、最低限必要なものなんです。ね？　奏己さん」

「え？　いや、まぁ……私も、そこまで敏感では」

インパラ・センサーも、何らかの危機は察知している。でもこのセンサーは対人回避に特化しているせいで、物事の機微にはあまり使えないイマイチ仕様。雰囲気が怪しいのは分かる。でもこれから起こり得る何かと、どう連動するかを予測するのは苦手なのだ。

「ま、どのみちオレらには関係ないんじゃ——」

眞田さんの言葉を遮るように、クリニック課のドアが勢いよく開いた。

「どうぞ！　こちらになります！」

90度近く腰を折ってお辞儀したままドアを開けたのは、たぶん管理本部の部長。総務部、人事部、経理部、法務部を統括する、かなり上の役職すぎてあまり見たことのない人だ。

「あ、ここを使ってたんだ。あとは知ってるんで、もういいです。うん、ありがとう」

その後ろから気さくな感じで入って来たのは、少し小柄な白髪交じりのスーツ男性。縁のないメガネが妙に似合う丸い目をした童顔のせいで、見た目の年齢は不詳だ。

とはいえ、この顔を忘れるはずもない。この方はライトクの代表取締役社長、三ツ葉正和氏。どうやら朝の違和感は、直前まで知らされなかった現場視察が原因だったようだ。

「あれ？　どうしたの、ミツくん」

ドアの側でこれからどう立ち回ればいいか分からずソワソワしていた管理本部長は、先生の言葉を聞くとカッと目を見開いて動きを止めた。

「琉吾先生は、相変わらず朝が早いね」

「それは、お互い様でしょ」

その目は瞳孔まで開き、視線は畏怖の念と共にゆっくりと森先生に向けられた。

「ちゃーっす、三ツ葉さん――じゃなくて、社長。お久しぶりーっス」

「あ、昇磨くん。いいね、これ。例のセレクトコーナー？」

「それより社長。ちゃんと朝メシ、食って来ました？　森永ｉｎゼリー、ありますよ？」

「だーいじょうぶ、大丈夫。今日は、ちゃんと食べてきたから」

そんな眞田先生との会話を聞いた管理本部長は、自分の居場所のなさを悟ったのだろう。

音もなくドアを閉めると、静かに立ち去っていった。

この雰囲気の中、誰でもそうするしかないと思う。

世界的パンデミックの際に経営の傾いたライトクを立て直し、クリニック課も含めた様々な社内改革を進めている三ツ葉社長。そんな人を「ミツくん」「三ツ葉さん」と呼び、そんな人から「琉吾先生」「昇磨くん」と呼ばれる人たちの輪に入れるはずもない。

「ミツくん。こっちは医療事務を担当してもらっている、マツさん」

この場から逃げられる本部長は、もの凄く恵まれていることを実感して欲しい。こっちは今すぐトイレに駆け込みたい緊張を、ハンカチを握って耐えるしかないのだ。

「あぁ。あの人？」

「そう。あの人」

「どうも、三ツ葉です」

まさか、社長と握手するとは思いもせず。その不意打ちに湧き出た手汗を、握っていたハンカチですぐに拭けたのは不幸中の幸いだろう。

「は、はじめまして……じゃなくて、あの……医療事務の、松久と申します」

「琉吾先生のこと、よろしくね」

「えっ⁉　いえ、とんでもないです……こちらこそ、はい」

挙動不審になってしまったのは、仕方ないとして。

ふたり揃って口にした「あの人」とはどういう意味だろうか。

だいたい悪い意味を想定しておけば、事実を知った時に受けるダメージが最小で済むことは知っている。とはいえ「役立たずの、あの人」だと想定すると、それはそれで心臓が痛い。走り続けるこの膀胱刺激は、ハンカチを握ったぐらいで制御できるだろうか。

「で、ミツくん。今日は朝から、どうしたの」

三ツ葉社長はなぜか急にフリーズしたまま、眞田さんの商品棚を凝視している。

いや。その視線は何かを見ているようで、何も見ていないのは明らかだった。

「ミツくん？」

先生が肩に、ぽんと軽く手をかけると。社長の首から上だけ再生速度が早送りになり、ぶるぶるっと高速で頭から何かを追い払うように首を振って我に返った。

「琉吾先生。ちょっと本社の部署、視察しようよ」

そして、なにごともなかったように会話は続く。

ふたりともまったく気にしていないけど、今の奇妙な動きは何だったのだろうか。

「……一緒に？」

「そう。社内回診してるんでしょ？　今日はボクも交ぜてよ」

森先生はその理由も聞かず、無言で眞田さんと視線を交わした。

「いいけど、ショーマは先に薬局へ寄ってからでいい？」

「どこから回る？　琉吾先生が重点的に診て回ってる部署って、ある？」

先生の声が届かない距離ではないと思う。でも社長はその問いに答えることもなく、すでにクリニック課を出ようとしていた。

「ショーマ。いつものを揃えて、持って来てくれ」

「了解(コピー)」

暗黙の了解でもあるのだろうか。眞田さんは軽くうなずくと、視察には付いて回らず医薬品を保管している薬局窓口へと足早に消えて行った。

「ミツくん」

「琉吾先生に直接関係がある部署だと、法務の社内相談窓口からかな。あ、それより人事にしようか。そうだ先生、あの話してくれるかな。大脳高次機能のバラつきについて。あれ、人事には欠かせない知識だと思うんだけど、ボクがなかなか時間取れなくてさ」

社長が何を伝えたいのか、さっぱり分からなかった。そしてどこでスイッチが入ったものやら、止めどなく話しながら足早に廊下を歩き始めてしまう。しかも森先生が少し大股で歩かないと追いつかないほど、そのスピードは妙に忙しなかった。

「ミツくん」

「あ、でも人事だけに話すのはもったいないか。だったら、あれにしよう。クリニック課の顔見せも兼ねて、社内勉強会にするのはどう？　先生、いつが空いてる？」

すでに分厚い手帳を取り出し、スケジュールを組もうとしている。

やはり敏腕社長ともなると、時は金なり、何でも即決、がポリシーなのだろうか。エレベーターを待つのが大嫌いで、すぐに乗れないなら階段で上り下りしてしまうという噂も、あながち嘘ではないかもしれない——とはいえ、これはもう競歩に近い。

「OK、分かったよ。それは俺がセッティングして、後で連絡するから」

「あ、そう？　ありがとう、助かるわ」

「ミツくん」

「ん？」

「女性がいるから、もう少しゆっくり歩こう」

「あ、失礼。そうか、やっぱり飲んだ方がいいな……あれ？　ちょっと待……あれ？」

ようやく足を止めてくれた三ツ葉社長だけど、今度は忘れ物でもしたのだろうか。まさかポケットの裏生地まで引っ張り出して探す人を、目の前で見るとは思っていなかった。敏腕社長だけに忙しすぎて、慌てん坊属性でも付いているのかもしれない。

ただ正直に言うと「変わり者」という印象は否めなくなってしまった。

「マツさん。ちょっと、待ってもらえるだろうか」

「え？　あ、はい。もちろん」

そんな廊下で立ち止まった社長を見かけて、社内がザワつき始めた。廊下ですれ違う人たちは深々とお辞儀はするものの、慌ててその場を立ち去って行く。部署内からは課長や部長クラスが廊下の様子をうかがっているけど、出てくるつもりは一切感じられない。

そんなところへ駆け戻ってきたのは、眞田さんだった。

「はい、リュウさん。お待たせ」

「すまんな——」

先生に渡したのはペットボトルの水と、小さな何か。クリニック課の棚からではなく薬局窓口へ取りに行ったところを見ると、どうも薬のような気がしてならない。

「——ミツくん。これ、飲む？」

まず渡したのは、ペットボトルの水。

「おっ、サンキュー」

それだけ言うと社長はポケットの裏地を引っ張り出したまま、500mlのペットボトルのフタを開けた。嚥下というか、喉を動かす気配がなかったのは気のせいだろうか。器用にこぼさず、一気に半分まで流し込むように飲んでしまった。

「どもども。琉吾先生、なんで分かったの？」

「ポケット。出てるよ」

「あ、失礼」

「あと、これ。ロフラゼプ酸エチル、飲む？」

次に手渡したのは、小さな錠剤。確か主な薬効は「抗不安作用」で、診療報酬請求上は病名として「不安神経症」を付けることが多い。心身症における不安や緊張に対しての用途も多く、処方量や処方日数に制限があるものだ。

ということは――まさか三ツ葉社長は今、緊張しているということだろうか。しかも、何らかの心身症状があるということかもしれない。社長という役職にまで登り詰めた人にとって、緊張や心身症状なんて他人事だと思っていた。

それでも分からないのは、なぜ自社の社内視察で緊張しているのかということだ。

「琉吾先生。なんでボクが、それを探してるって分かったの？」

「まぁ、見てれば分かるというか……今日はフラッシュバックもキツいみたいだったし」

フラッシュバック——それはちょっとした引き金や、時には引き金なしでも起こるらしい。急に昔の嫌な記憶が、音や臭いや言葉の一言一句まで、まるで昨日のことのように色褪せず鮮明に脳内で再現されてしまうことだという。大学の一般教養でほんの少しだけ聞きかじった知識だけど、あまりにも印象的だったので本を一冊買って読んだ記憶がある。

それが、いつ社長に起こっていたのか。

もしかするとクリニック課でフリーズした時か、あるいは妙な首振りをした時だろうか。

「あ、バレてた？　やっぱ、先生には隠せないなぁ」

「隠す必要ないでしょ。いつも腰のベルトに下げてるペットボトルのポーチも付け忘れてるし、今日はどうしたの」

社長は再びペットボトルを傾けて、もの凄いスピードで空にしてしまった。

「三ツ葉さーん、もう一本いくよーっ」

驚くことに、眞田さんはもう一本ペットボトルを社長に投げ渡そうとしている。

「えっ⁉　ちょ、眞田さん！　それは」

「奏己さん、大丈夫ですよ——っと」

ふんわり曲線を描いて、ペットボトルは社長の胸元に吸い込まれていった。

「おっ。サンキュー、昇磨くん」

「うぇーい。ナイス・キャーッチ」

親指を立ててウインクなど、気さくにも程がある。そう呆れた瞬間、これは眞田さんなりに緊張をほぐしたのではないかと思った。投げ渡されたペットボトルもすでに半分ぐらい飲んでしまった社長だけど、今までより少しだけ表情が和らいでいるようにも見える。

それにしても、ちょっと飲み過ぎではないだろうか。

「マツさん。ミツくんは、あれでいいんだ」

「そう……なんですか？」

「緊張からの口渇が、習慣になってしまってね。昔は、一日に5Lぐらい飲んでいた」

「ご――ッ⁉」

「多飲多尿で、しょっちゅうトイレに行かなければならなくて。サボっているのではないかと、授業や実習中によく疑われたものだ」

「な、なるほど……って、授業中……？」

それではまるで、先生と社長は学生時代からの付き合いのように聞こえてしまう。

「聴覚過敏もひどくてね。待合室に誰が来ていて何の話をしているのか、診察室にいても分かるぐらい過敏だ。ちなみに、十人ぐらいの会話が同時に耳から入ってくるらしい」

先生と社長の関係に、分からないところがさらに増えてしまったものの。いずれにせよ、三ツ葉社長が過度の緊張を強いられていることに間違いないだろう。

「それって……心身症状なんですか？」

「いや。ミツくんのは、大脳の高次機能のバラつきだ」

「特殊な能力なんですね」

「まったく特殊ではない。だいたいの人間は、大なり小なり様々な程度でバラつきを持っているもので、大脳すべての高次機能を平均的に稼働できている人間の方が少ないだろう。もちろん俺やショーマにもバラつきはあるし、きっとマツさんにもあると思う」

「そ、そうなん……ですか」

その意味はほとんど分からなかったけど、たぶん「生きづらさ」のことを言っているのかもしれない。先生も眞田さんも社長も、ある意味では変わり者――言葉を換えれば、明らかに今の社会では浮いてしまう存在だと思う。

そして頻尿アラサー女子も、ある意味そこに含まれているだろう。

「それにああ見えて、かなり人見知りだ」

「でも先生と眞田さんは、ずいぶん仲のいいお知り合いでは」

「この前、マツさんと話がしたいと言っていたし。今日は、それで来たのだと思う」

「なっ!?　それ、どういう――」

「ちょっと緊張しているのは、そのせいではないかと」

「――えぇっ！　私にですか!?」

大脳高次機能のバラつきどころの話ではなくなってきた。

何がどうなったら、社長がクリニック課の医療事務に用事があるというのか。

社長が新規に立ち上げた肝煎り部署で、知らぬ間に何か粗相をやらかしてしまったのかもしれない。なるほど、だから「あの人」呼ばわりだったのだ。

直々に解雇通達をするとなったら、社長といえども多少は緊張するかもしれない。

「ミツくん。新しくなった社食で、座ってゆっくり話をしない？」

「えっ？　でも琉吾先生、回診は？」

「各部署を自分と一緒に回ればクリニック課がもっと広く認知されるって、気を使ってくれてるだけでしょ？　忙しくてそんなに時間、取れないだろうし」

照れくさそうにしているところを見ると、どうやら先生の読みは当たりらしい。というより、おそらく社長は学生の頃からそういう人だったのだろう。

「じゃ、いい？　ボク、回らなくて」

「いいよ。ありがとう」

「でも大将、もう来てるかな」

「いつも、けっこう早くから仕込んでるみたいだけど」

「シークワーサー・サワー、置いてる？」

「ダメでしょ。社食でアルコールは」

いつも眞田さんにツッコミを入れられている先生が、社長にツッコんでいる姿は新鮮だけど。社内視察は口実で、クリニック課と話がしたかっただけというのは本当のようだ。

ということは、その目的は——そう考えると、膀胱刺激は一気に限界値に達した。

「あ、あの……先生」

ロフラゼプ酸エチルを、今ここで処方してもらえないだろうか。

▽ ▽ ▽

始業から三十分ぐらいしか経っていないのに、大将は社食を開けてくれた。

おまけにこんな時間から、焼けたタレの匂いを纏った炭火っぽい煙が厨房から流れてくる。どう考えてもこれは焼き鳥屋か居酒屋によくある、夜の匂いではないだろうか。

「ごめんね、大将。久しぶりに食べたくなっちゃって」

「ぜんぜん大丈夫っスよ、三ツ葉社長。あり合わせを焼いてるだけなんで」

厨房から声だけが返ってきたけど、間違いなく夜のメニューを焼いている気がする。

「マツさんは、ミツくんと会うのは初めて？」

テーブル席で隣には森先生が座ってくれたものの、向かいには三ツ葉社長がいる。眞田さんは完全にサポート役に回ったのだろう。厨房からドリンクをジョッキで運んで来たりと、朝の社食にもかかわらず完全に居酒屋の雰囲気だ。まだ社長の世代では、腹を割って話すには「飲みの雰囲気」が必要なのかもしれない。

「や、初めてではないです。あの、就任式の時とか……お顔を拝見して、はい」

「ミツくんと俺は、同級生だった」

「はぁ……」

「リュウさん、リュウさん――」

あり合わせと言いつつ大将が出してきた居酒屋の突きだしみたいなアサリの佃煮を運びながら、眞田さんがやれやれといった顔でフォローしてくれた。

「――端折りすぎ。それじゃあ奏己さん、ぜんぜん理解できないから」

「そうか。では、ミツくんにお願いした方がいいな」

三ツ葉社長が手にしたジョッキの、琥珀色したシュワシュワの液体が何なのか気になるものの。それ以上に、これから何をどう怒られるのか怖くて仕方なかった。きっとクリニック課の受診者を増やす努力や、受付での接遇態度に問題があったに違いない。

そして、解雇通告という名の肩叩きが待っているのだ。

「あーっと……どこから説明すれば無難？」

「まぁ、高校ぐらいから？」

社長の高校時代にまで遡る必要はないと思うのだけど。

「そうか、了解。ボクは十六歳の時にイギリスのブリストルにある高校を卒業して、その後はケンブリッジ大学に入学して、日本に帰って来たのは二十歳の時でした」

「……はい？」

この話から、どうすれば説教に繋がるのか分からなかった。

それに社長が帰国子女だということは社内報で知っていたものの、十六歳でイギリスの高校を卒業したという時点で、思考が追いつかなくなっている。

「あ、飛び級制度ね。ありがたいことに、親がそのあたりには理解が良くて。すごく恵まれてたと自分でも思います」

「えっと……はい」

つまり社長は中学生の頃から日本の教育制度には収まりきらず、イギリスに渡ってそのままケンブリッジ大学を二十歳で卒業したということ。だからクリニック課にもそれぐらいの人材を求めている――という話なら、申し訳ないけど率直に無理だと伝えよう。

「それでこっちに帰国してから、どうしようか考えてたんだけど……ちょっと興味があったんで、Ｚ大学の医学部に社会人枠で編入しました」

「は――？」

「そこで同級生だったのが、琉吾先生。だからもう、二十年近い付き合いになるかな」

果たして説教されているのかどうか分からなくなったのは、さておき。

ケンブリッジ卒業からのZ大学医学部編入という、その想定外すぎる超絶な経歴にまず驚いた。それに遅れて、もっと異常な状況があることに気づいてフリーズした。

「どうした、マツさん」

「や、あの……ちょっと、私には難しいお話だったというか……でも、はい」

人数分の小鉢と明らかにどう見ても焼き鳥の串が乗った小皿を運び終わり、ようやく社長の隣に落ち着いた眞田さんが再びフォローしてくれた。

「三ツ葉さん。奏己さんが戸惑ってるのは、リュウさんと同じ医学部を卒業したのに、なんで医者じゃなくて社長をやってるのか、ってことだと思いますよ」

「あ、そこか」

「……すいません。お手数をおかけいたしまして」

「ボク、医者に向いてなかったから辞めたんだわ」

逆に、何を言っているのか分からなくなってきた。

「日本ってさ。受験勉強ができれば、だいたい誰でも医者になれるじゃない？」

「や……それは、どうでしょうか」

まず勉強が大問題だと思うのだけど、社長にとってそれは問題ではないらしい。

「あと『成績がいいなら医学部に行けばいいのに』みたいな風潮が、まだあるでしょ」

「……ま、まぁ」

「あれ、ダメだと思うんだわ。向き不向きは、試験じゃ判定できないって。ボクを含めて医者をやっちゃダメなやつ、クラスにも結構いたよね。琉吾先生」

「そうだね」

そこで即答する森先生も、社長に対してどうかと思った。でも確かに町のクリニックで、なんとなく妙な感じのする医師に出くわすことは時々ある。

「医師国家試験のあと二年ほど研修医をやってみたら『あーこれ、ボクがやっちゃダメな仕事だわ』って確信したんだよ。あれ、ボクみたいな人間には向いてないよ。うん」

大きなミスをして、大変なことにでもなったのだろうか。何と言って返せばいいか分からず頭が真っ白になっていると、すかさず眞田さんが会話の間を埋めてくれた。

「でも三ツ葉さん器用だし、研修先の副院長から直々に入職の勧誘されてたんスよね？」

「そうは言ってもさ。勉強ができたから医学部に入学して医者になりました——ってだけで、人の命を預かったり人生を左右したりしちゃ、ダメだと思わない？」

「直接患者を診る臨床医じゃなくても、良かったような気はしますけど」

「まぁ、基礎系とか研究職っていう選択肢もあるけど……あの仕事も、それはそれでボクに向いてない気がしたんだよね」

そう言って社長は、思い切り歯を見せて笑った。

つまり三ツ葉社長は医師の国家資格を持ちながら、ほとんど医療とは関係ない会社を立て直したということ。その仕事観は「やりたくないことは無理にしない」であり、どこか清々しいほど大人げのない、損得勘定抜きのもの。裏を返せば「やりたいことを仕事にする」という、理想的すぎて逆に現実味のないことを実際にやっているのだ。

しかし、だからこそ。森先生も眞田さんも病院や薬局に縛られず、社長に賛同してこの会社に中途採用で転職してきたに違いない。

こんな超絶変わり者同士、気が合わないわけがないのだ。

「それで、ミツくん。今は楽しい？」

「めんどくさいことは多いけど、楽しいよ。だからボクだけが楽しいんじゃなくて、できれば働いてる社員のみんなも、少しは仕事が楽しくなればいいなと思って」

「それで、どうなの。社内改革【ＳＷＥＧｓ】の方は」

聞いたこともない単語が飛び出してきたけど、表情を変えずにスルーしようと耐えていた。それなのに眞田さんは、その微妙な変化を見逃すことはなかった。

「ほら、リュウさん。ＳＷＥＧｓも奏己さんに説明してあげないと」

「そうか。ミツくんの掲げる社内改革は、Sustainable Working Environment Goals の頭文字を取ってＳＷＥＧｓ――【持続可能な労働環境目標】を達成しようというものだ」

「な、なるほど……」

ぜんぜん分からない。

するど社長が、小鉢をつつきながら付け加えてくれた。

「松久さんは【ＳＤＧｓ】って聞いたことない？　Sustainable Development Goals の頭文字で、色んな企業が掲げてる【持続可能な開発目標】ってやつ」

「あ。それなら……はい。最近ちょくちょく見かけるような気がしないでもないです」

確か、広報のお手伝いをした時。カラフルなタイルが十七個張ってある国連マークの画像を、リサイズしながら書類に貼り付けた記憶がある。あの時ちょっとだけ小耳に挟んだ記憶だと、たぶんおそらくきっと、あれがＳＤＧｓだったような気がしないでもない。

「あれをボクなりに、企業改革に取り入れてみたんだよね。たとえばこの新社食は【空腹をゼロに】を目標に変えてみたんたけど、どう？」

「えっ！　あのコンセプト、そんな大規模プロジェクトの一環だったんですか⁉」

ちょっと昭和の香りが漂うだなんて、ずいぶん失礼なことを考えた自分が恥ずかしい。

そこへちょうど、大将がもう一品持ってやって来た。

「三ツ葉社長。これ、鳥皮。手羽元から引っぺがしたヤツなんで、不揃いですけど」

出された小皿に乗せられていたのは、ちょこんと練り辛子まで付いた焼き鳥だった。

「ごめんね、大将。朝から社食で」

「これぐらいで、なに言ってんスか。恩返しの足しにもなりませんよ」

だとすると社食の大将も、三ツ葉社長と何らかの関係がある人物に違いない。そしてきっと、社内改革ＳＷＥＧｓに合致した人なのだ。

「マツさん。俺とミツくんとショーマは、もう長いこと大将の店の常連だった」

「やっぱり」

「しかし彼の新型ウイルス感染症の世界的流行で、閉店を余儀なくされてしまった。そこで残念に思ったミツくんがＳＷＥＧｓのひとつである【パートナーシップで目標を達成しよう】の下、腕の確かな大将に声を掛けたということだ」

どうやら大将は、また別のＳＷＥＧｓ項目に当てはまる人だったらしい。ただその項目にある「パートナーシップ」の意味がそれでいいのか、いまいち自信が持てない。

「ということは、管理栄養士の方も？」

「関根さんのこと？　あの方も都立病院の管理栄養士だった人だが、やはりあのパンデミックで疲弊してしまい、心身共に限界まできたところで紹介状を持って来た人だ。少し戦場を変えてみてはどうかと話をしたところ、快く引き受けてくれたという経緯がある」

そこへ大将と話し込んでいると思っていた社長が、急な角度で話に戻って来た。

「だよね。あの人のアイデア、本当にいいよね――」

もしかすると、これが例の「聴覚過敏」で「十人ぐらいの会話が同時に耳から入ってくる」というやつかもしれない。

「――あれから『年齢別レーン』とか『見栄えレーン』とか、いろいろ提案をもらってさ。

あ、そうだ大将。今度、みんなで飲みながら話そうよ」

「いっスね。関根ちゃんにも聞いておきます」

なんとなく、ただ飲みたいだけのような気がしないでもないけど。昔はこういうノリで、いろんな企画や大きなプロジェクトが動いていたのだと思う。

そんなことを他人事のように考えていると、不意に心臓が血液を大きく吐き出した。

よく考えれば、これは他人事ではない。

総務課の課長が嫌味のように言ったことが、今さらのように脳裏を駆け巡る。

――クリニック課？　あぁ……あの、辣腕新社長の肝煎り部署か。

ポケットから慌ててハンカチを取り出し、力一杯握りしめた。

「や、先生……ちょっと、待ってくださいよ」

「なんだろうか」

もうすでに、膀胱刺激は始まっている。いくらインパラ・センサーが対人装備だとはいえ、これはどの角度から見ても「そういうこと」だと警告していた。

「聞き間違いかもしれないいんですけど、前に――」

しかもこんな時に限って、些細なことを鮮明に思い出してしまう。

再雇用証明書。確か産休や育休を取らずに結婚や出産で職場を退職しても、戻る意志があれば時期を問わずに再雇用を保障する、という話を聞いた気がする。

個人学習経費。確かこれも、初めて回診で総務課を回った時に聞いた気がする。

「――再雇用証明書とか、個人学習経費とか、そういうのを始められたとか」

「それもＳＷＥＧｓで【働きがいも経済成長も】と【質の高い教育をみんなに】を目標に、ミツくんが独自に考案したものだが……マツさん、ずいぶん詳しいな」

下腹部の刺激は、一気に臨界点へと達した。

「それで、もしかすると……たぶんなんですけど、あれですか……クリニック課って」

「もちろんクリニック課と薬局課は、ＳＷＥＧｓの【すべての社員に健康と福祉を】という目標で新設された部署だ」

やはりこれは、他人事ではなかった。

今回の異動は、社長が推進する社内大規模プロジェクトの一環。たとえランダム抽選であれ、言い換えればプロジェクトメンバーのひとりに選抜されていたということだ。

「あの――す、すいません！」

社長を前にした会食の場で、トイレに離席など許されるのだろうか。

しかし立ち上がったが最後、あとはもう個室に駆け込むしか選択肢は残されていない。

「どうした、マツさん」

「すいません！　ほんの少しだけ――申し訳ありません、席を――失礼いたします！」

全身の毛穴が逆立ち、背中を鳥肌が駆け抜けていく。

この緊張は、いまだかつて経験したことのない激しいものだった。

▽　▽　▽

駆け込んだトイレに、誰もいなかったのは幸いだった。

「ヤバい、ヤバよ……今さら何言ってんのって感じだけど、これはヤバいって」

他の個室に先客がいたら、間違いなくヤバい人だと思われただろう。しかし想像を遥かに超えすぎて「ヤバい」としか言いようがないし、足も少し震えていた。

「なんで今まで気づかなかったかな……どうしていつも、遅いっていうか……もう」

三ヶ月も研修期間をもらって試験を受けさせてもらう時点で、気づくべきだろう。

いつの間にか社長が推進する大規模な社内改革プロジェクトの一環として、総務課一般職からクリニック課という特殊な社内病院へ、医療事務として異動させられていたのだ。

「そうか……給与明細に付き始めた『特別手当』って、これのことだったんだ」

基本給は上がっていないので、一般職という立場に変わりはないはず。

しかし特別手当を入れると、実は年収が総合職とあまり変わらなくなってしまう。

「……待って。これってもしかして、社内の事務系専門職の扱いになってないよね？」

確かに、医療事務の認定試験を受けて合格した。

しかし経理部で会計知識を、法務部で法律知識を、それぞれ生かして勤務している人たちと比べて、今までやってきた自分の働きはどうだろうか。医療事務をやっていますと、胸を張って言えるだろうか。特別手当をもらって当然ですと言えるだろうか。

周囲からどんな目で見られていたのか改めて考えると、軽く三十分は個室に閉じこもっていたい気分に押しつぶされそうになってくる。

「しかも社長と同席のテーブルを途中で離席とか、あり得ないよね……」

頭を抱えてハンカチを握りしめても、その効力はすっかり失われていた。というより今まで経験したことのない緊張に対して、この簡易お守りハンカチではパワー不足なのだ。

「どうしよう……って言っても、急いで戻るしかないんだけど」

腕時計を見ると、すでに十分を過ぎていた。社長を前にして離席する時間としては、明らかに限度を超え始めている。テーブルに戻って何と言い訳しようか考えてみたものの、そんな時間すらないという結論に達した。

「ダメだ……すぐにでも戻らなきゃ」

正直に話したあとは、すべてを運に任せるしかない。会社から積極的に社員を解雇できないこの御時世、俗に言う「追い出し部署」へ異動になったらすぐに辞表を提出しようと思う。むしろ今回の異動が異例というか、自分の人生には分不相応だったのだ。

「……それでいいか。逆にその方が、いいのかもしれない」

ゾンビ映画を観ていても「真っ先に諦めて噛まれた方が楽なのに」と、いつも思っていた。抗うとか、もがくとか、そういう前向きに戦う姿勢とは無縁の人間だということを、クリニック課で先生や眞田さんと過ごした数ヶ月が忘れさせていたようだった。

「よし。戻ろう」

意を決して個室を出て、熱すぎない温水で手を洗い、柔らかいペーパータオルで手を拭く。鏡に映る情けない姿もトイレの明るい照明のせいか、血色だけは良く見えた。すべてが腰に優しい高さで調整してあり、洗面台と個室との空間にも余裕があるので、流れるようにトイレを後にすることができる。そんなライトクのトイレは本当によく考えられていると、こんな時だからこそ感謝した。

自分のような人間にとって、トイレはただ単に用を足すだけの場所ではなく、気持ちのリセットや準備をするための大切な場所でもある。そこが快適だということは、普通の人たちが思っている以上にありがたいことなのだ。

「社長、失礼いたしました……その、急に席を外してしまって」

消えてなくなるほど萎縮して社食のテーブルに戻ってきたものの、社長はまったく気にしている様子はなかった。それどころか、思いもしない言葉が返ってきた。

「あ、心因性頻尿なんでしょ？　緊張させて申し訳なかったね」

「え……」

そういえば社長も医師国家試験に合格し、二年間だけとはいえ研修医も経験しているのだ。先生や眞田さんからその理由を聞いて、すぐに納得してもらえたのかもしれない。

とはいえ、それと「仕事ができているかどうか」は別問題だ。

「鳥皮、食べる？　大将のタレ、美味しいよ？」

「あ、ありがとうございます……いただきます」

「トイレは気にしなくていいから。今日はそのことで、松久さんに会いに来たわけだし」

「……そのこと、ですよね」

ひと口かじった鳥皮の焼き鳥は、緊張で少しも味がしなかった。

「けど松久さんも、タオル地のハンカチが手放せない人なんだね」

どういう意味だろうかと考えていると、社長は鳥皮の串を置いて謎の琥珀色したシュワシュワのドリンクを飲み干してしまった。

そしてニッと歯を見せて笑うと、ポケットからハンカチを取り出した。

「あっ。それは……」

「タオル地じゃないと、ダメでしょ」

それは見てすぐ分かるほど厚手の、タオル地ハンカチだ。

「そうですね。ちょっとポケットが膨らんで困るんですけど」

「でも触った感じが、ね」

「そうなんです。タオル地じゃないと、落ち着かない――」

あまりにも意外だったせいか、社長相手につらつらとハンカチ論を述べてしまった。

「――と、失礼しました。つい」

「タオルケットに包まるのも、好きじゃない？」

「あ、それは大好きです」

「畳んで置いてある布団に、両手から頭まで突っ込むのとか」

「あれって、最高に気持ちいいですよね」

「すっごく大きいぬいぐるみとか、抱き枕とかも」

「買いたいパンダキャラがあるんですけど、部屋が狭くて――」

満面の笑みを浮かべている社長と、優しく見守るような先生と眞田さん。それを見て我に返ると、背中を冷や汗が流れた。

初対面の社長を相手に、何を気さくに語っているのだろうか。

「――た、大変失礼しました！　あの、申し訳ありません！」

「いいの、いいの。ボクもこれを触ってると、安心できるんだわ」

「社長も……そうなんですか？」

いつの間にか眞田さんが運んで来たもう一杯の琥珀色したジョッキを受け取ると、社長はぐいっと傾けて一気に半分近く飲んでしまった。

「そういうのは【移行対象】っていう、ちゃんとした心理学用語で理由が説明できるんだよね？　琉吾先生」

ちびちびと小鉢をつついていた森先生が、不思議そうに顔を上げた。

「ん？　それは、ミツくんが説明するべきでは？」

「いやいや。ここは医師として上司として、琉吾先生からの方がいいでしょ」

「でもマツさんの緊張を和らげるため、何か共通の話題はないかと言い出したのは」

それを聞いて大きなため息と共に髪をかき上げたのは、眞田さんだった。

「リュウさんさぁ……さすがにそれは、バラしちゃダメだって気づかない？」

どうにも話の流れがつかめない先生は、首をかしげながらジョッキに口を付けている。

「あの、それって……え？」

要は社長もみんなも、いい人すぎるということ。

気を使われているとも知らず、勝手に緊張してトイレの個室に駆け込み、もうこれで人生終わっても仕方ないなどと諦めていた自分が恥ずかしくて仕方ない。

「マツさん。移行対象というのは噛み砕いて言うと、不安な時に『母親代わり』に触れて『安心感』を得て情緒を落ち着かせるものだ」

「母親代わり……この、ハンカチがですか？」

「そう。母親に抱っこされて守られている、乳児の安心感の名残。多くは毛布、タオルケット、ぬいぐるみやバスタオルなどの柔らかい物が好まれる。マツさんがハンカチなら何でもいいわけではなく、必ずタオル地の物を選んで持ち歩き、不安になると触れたり膝の上に置いたりするのは、無意識に不安やストレスから身を守っている正常反応だ」

その説明を受けて、今までの行動すべてに納得した。

だから今まで、このタオル地のハンカチが「安心のお守り」だったのだ。

「でも、先生。タオル地のハンカチで安心する人なんて……そんなにいます？」

「ストレス下で情緒を安定させる物として、人によってはタオル地などの柔らかい物から、本を読む、日記を書く、あるいは様々な趣味——たとえば俺なら物作り、ショーマならペット、その他、音楽でも絵を描くでも、何でもいい——そういった物を選ぶこともある」

「手触りが、柔らかくなくてもいいんですか？」

「それがあれば安心できて、心が穏やかになって、ひとりでいられる物なら何でもいい」

そこまで先生に説明してもらうと、ふと今までの自分の行動が気になってきた。

出る杭にならないように、隠れるように、人にかかわらないように、人に頼らないようにと生活しながら、緊張でトイレに駆け込み、不安になると無意識のうちに母親の代用＝絶対的な安心の象徴を手に握りしめてお守りにしていたのだ。

生きていくことにずいぶん怯え続けていたものだと、情けなくなってしまう。

「そ、そうだったんですか……何だか、恥ずかしいですね」

「……なにが？」

「なんとなく……それって、大人になりきれていない証拠のような気がして」

「それを言ったら、ミツくんも大人げないということになるが？」

「や、違いますよ!? 社長が大人げないなんて、私」

また大きなため息と共に髪をかき上げたのは、眞田さんだった。

「リュウさん。話が、ややこしくなるからさー」

「別にこれといって難しい話はしていないが？」

「奏己さんは大人げないじゃなくて、大人になりきれてないって言ったでしょ」

「や、待って眞田さん!? 私は別に、社長が大人になりきれてないと言ったわけじゃ」

「ほらみろ。話を難解にしているのは、ショーマの方だろう」

「は？ 全然違うでしょ」

不意に笑い出したのは、三ツ葉社長だった。

「やっぱり琉吾先生たちといると、楽しいなぁ」

「いや、ミツくん。俺は別に和ませようとか楽しませようとか、そういうのではなく」

「あのさ、リュウさん。もう、いいから」

紆余曲折の末。緊張を和らげようとしてくれた社長のお気使いは、どうやら成功したようだった。その証拠に今は、あれだけ強烈に襲って来た尿意はピタリと止まっている。

「それで、松久さん。本題に入らせてもらいたいんだけど」

「は、はい」

「今日、お願いに来たのは他でもなく――」

お願い、という言葉に耳を疑った。

最後通告や、耐えられる自信のない叱咤激励でもなく、異動の内示でもない。

いや、この場の雰囲気に流されて気を弛めてはダメだ。別の部署に異動してくれないか、というお願いの可能性がまだ残っていることを忘れてはいけない。

「――来週、第一商品開発部に顔を出してもらえるかな」

「やはり……そうですか」

開発部など、総務畑に七年もいた人間が足を踏み入れるような部署ではない。これは「依願退職に追い込むため」の異動と考えて間違いないだろう。

「ん？　やはりって？」

「いえ、あの……異動のお話、ですよね？」

「いや。そんなこと、ひとことも言ってないと思うけど」

「え……違うんですか？」

「社内トイレに関して不備な点や改善して欲しい点を、教えてやって欲しいの」

ちょっと社長が何を言っているのか分からなかった。

「トイレ？　教えるって……私が、開発の方たちに……ですか？」

「そう。今度、公共施設なんかのトイレ事業に参入しようと思っててさ。心因性頻尿の人なら、トイレを利用する頻度もかなり多いでしょ？」

「え、えぇ……まぁ」

「琉吾先生に誰か適任の人いないか聞いたら、あの人ならって推薦されたんだよね」

「……あの人？」

開口一番にふたりが言っていた「あの人」が、まさかそういう意味だったとは。

「あちこちのトイレにも詳しいだろうし、ちょっと松久さんが考える『理想のトイレ』ってやつを、プレゼンしてもらえないかなと思って」

「プレゼン！　私が⁉」

総務課にいた頃は、当たり前だけど一般事務職の仕事ばかり。他の課に出向いてのプレゼンテーションなど経験はなく、資料作りのお手伝いを二、三回した程度だ。

「一応、今週末ぐらいを考えてたんだけど、松久さん的にはどう？」

「週末、ですか……はい、大丈夫……じゃないですけど、全然……あれ？　プレゼン？」

「安心してよ。ボクも顔を出すから」

「社長もいらっしゃるんですか⁉」

何も考えられなくなってフリーズする直前、森先生が助け船を出してくれた。

「ミツくん、ミツくん」

「あ、ごめん。先生の都合も聞かないと、受付事務さん不在じゃ」

「マツさんは貸すだけだということを、忘れずに」

「……ん？　それ、どういうこと？」

「ちゃんと返せってこと」

やれやれとため息をついた眞田さんが、水滴だらけになった琥珀色のジョッキを傾けてひとくち飲んだ。

「大丈夫スよ、奏己さん。オレ、資料作るの手伝いますから」

「いや、ショーマ。それは俺の仕事なので」

「昇磨くん。琉吾先生、何言っちゃってんの？　ボクは松久さんの意見が欲しくて」

「あー、三ツ葉さん。大丈夫です。話がややこしくなるので、後は任せてもらえれば」

「そう？　なら、いいや」

「待て、ショーマ。俺は少しも難しいことは言っていないが？」

「そういう顔になってる時は、だいたいややこしいの」

「そういう顔とは、どういう顔だ」

「そんなに心配しなくても、奏己さんはクリニック課に戻ってくるからさ」

森先生がどういう顔になっているのか、その意味もさっぱり分からなかった。

それでもひとつだけ分かったことは、トイレに駆け込まなくても済んだということ。

つまりこの状況でもストレスや緊張は感じていないという、信じられない事実だった。

▽ ▽ ▽

約束の週末は、あっという間にやって来た。

備品の確認で一回しか訪れたことのない、東京の江戸川区にある第一商品開発部。ライトク製品のうち工業用以外の一般アナログ商品やそのパーツの大部分を開発している、開発本部の中で最も大きな部署。本社の三階にあるガジェット好き男子が集まるこぢんまりとした第三商品開発部とは違い、部署内に会議スペースまで設置されていた。

「じゃあ、ボクからはこれぐらいで。あとはトイレ事情に詳しい、本社クリニック課の松久さんからお願いしたいと思います。ぜひ、気軽にディスカッションしてください」

「総務部クリニック課の、松久と申します。本日は貴重なお時間をいただき――」

SDGs＝持続可能な開発目標と、三ツ葉社長の考案したSWEGs＝持続可能な労働環境目標の違いが気になったので比べてみたところ、さすが変わり者と言うべき発想だなと改めて感心させられてしまった。

SDGsの【飢餓をゼロに】は、SWEGsでは【空腹をゼロに】として社食の改装につながり、同様に【質の高い教育をみんなに】は新しく導入された【個人学習経費】として、今までの経費の概念を個人教育にまで適応させたもの。そして【働きがいも経済成長も】は【再雇用証明書】として復職を保障するもの。もちろんクリニック課は【すべての社員に健康と福祉を】が目標で設置された部署だ。

どうやら【パートナーシップで目標を達成しよう】と、積極的に前職を生かしたセカンドキャリアとしての再雇用が今もあちこちの部署で進められているらしく、社食の大将と管理栄養士の関根さん、それに森先生と眞田さんはこれの先駆けになるらしい。

そして社長はＳＤＧｓの【安全な水とトイレを世界中に】を社内では【安全な水とトイレを社内中に】として掲げ、それをそのまま「新事業」として公共施設や商業ビルのトイレビジネスに参入するつもりでいる。

つまり今日は、ライトク新ブランドの方向性に関する会議ということになるのだ。

「ご存じのように、当社のトイレは非常に良質な設備と空間を有していますが――」

会議スペースにある長テーブルのお誕生日席――つまり議長席でノートパソコンを開き、眞田さんと先生に手伝ってもらいながら作った資料をみなさんのパソコンで共有していただき、隣のウインドウに用意したカンペ書類を非共有で開いて偉そうに読み上げている。

どれだけ準備したところで、到底この激しい緊張感に打ち勝てるものではない。ましてやそれをすぐ隣で、三ツ葉社長が腕組みをして聞いている状況なのだ。

「――個室空間の広さや物置棚、洗面台の高さなど、他の商業施設で利用するトイレと比べても遜色ありませんが、あくまでそれは物理的な使い勝手がいいという印象です」

しかし、そこは「さすが医学」「さすが森先生」と感謝したい。

三ツ葉社長も時には飲んでいるという抗不安薬「ロフラゼプ酸エチル錠２mg」を先生に処方してもらい、三十分前に飲んでみた。すると不思議なことに「キリキリと一点に集中して頭を離れなかった不安と焦り」が、驚くほど「まぁ、わりとどうでもいいかな」と思えるほどリラックスできたのだ。

「なるほど。基本的には社内のトイレ構造を踏襲しつつ、いかに快適な『付加価値』を付けられるかが、他社との差別化になると」

一度も見たことがない第一商品開発部のプロジェクトリーダーは、共有した資料画面を腕まくりした作業着姿で眺めていた。

「はい。本日はその点に関しまして、私見をプレゼンさせていただきたいと思います」

別の参加者から手が挙がった。

「すみません――」

「――私見と仰いましたが、何か客観的な数値や顧客アンケートなどは参考にされなかったのでしょうか」

一番痛い所を突かれた。

データのないプレゼン資料に、何の意味があるというのだろうか。

「そういった数値化されたデータは、え、得られておりませんが……私自身が心因性頻尿がある者として……その、トイレを非常に頻繁に使う身として、個人的にですが、次のようなものを挙げさせていただきました」

「あのー、不勉強で申し訳ないのですが。心因性頻尿の方は、どれぐらいの頻度でトイレを利用されるものなんでしょうか」

もうひとりの真面目そうなメガネ男子は、心因性頻尿自体には興味がなく、トイレの使用頻度の方が気になったらしい。簡単に言えば、今もすでにトイレに駆け込みたい衝動に襲われているぐらいです——と、いつかは笑顔を交えて冗談っぽく話をはぐらかせるようになってみたいものだ。

とはいえ。心因性頻尿について興味本位でネチネチと質問されるより、これぐらいサラッと流してもらえると、当の本人としては非常にありがたい。

「そうですね。緊張の度合いや水分摂取量にもよりますが、最低でも一時間に一度、多い時は二、三十分で行きたくなる時もあります。映画館に行く時などは、上映の一時間前から水分を摂らないようにしています」

会議スペースが軽くザワついた。

「そんなに？」

「大変だな、そりゃ」

「部長。それぐらいの頻度で毎日トイレを利用されている方なら、下手にアンケートを採って分母が大きくなったデータより、モニター意見として有益じゃないですか？」

「確かになぁ。社長は、いかがですか？」

「ん？　ボクは気にせず、みんなでディスカッションしていいよ」

結論にしか興味がないのか、社長は自前のノートパソコンでキーボードをバチバチ打ちながら仕事をしている。キーボードを叩く圧が強すぎるのは、森先生と同じだった。

「では、松久さん。続きをお願いします」

偉そうにしたいわけでもないのに、自然と咳払いしてしまった。

「まず付加価値として【安心】を提案します」

「……トイレが危険だということですか？」

「いえ。セキュリティという意味ではなく、トイレの出入り口の通路は狭くなりがちなので、床に進行方向の矢印があれば、出会い頭にぶつかる心配がなくて安心できます」

「トイレを利用する上で、そんな心配があるんですか？」

「わりと急いでいると、ヒヤッとすることはあります」

「それだと設備や製品というより、追加シールかペイントになりますね」

「うーん……床材質との相性と、摩耗が問題になるかなぁ」

こんな些細な意見にも真剣に耳を傾け、メモを取ってくれている。これが企業の企画会議なのかと、改めて他人事のように感心してしまった。

「それから【利便性】です。個室のドアを閉めると、埋まっている個室の数が入り口で一目瞭然だと、我慢できる時間や別のトイレを探す目安ができて良いかと思います」

「あー、あれか。飛行機や新幹線だと、車両の入り口なんかにトイレのランプが点いたり消えたりして、シートに座ったままトイレに人がいないか確認できるやつだ」

「はい。あれが公共施設や商業ビルのトイレにも普及してくれると、ありがたいです」

「なるほどねー。そこで我慢するか、他のトイレを探すか……じゃあ次の項目は、それにも関係してるんですね？」

「はい。トイレに電波が届かないようにすれば、スマホをいじって個室を長く使用し続けて空けない人が減るのではないかと、特に個人的に……そう思いまして」

正直、こっちは我慢の限界が来ているのに、個室で優雅にＳＮＳや動画に見入られたのではたまったものではないと、常日頃から思っていたことだった。

「コンサートホールだと妨害電波（ジャミング）で圏外にするところが増えてますすなぁ」

「でも、あれですよね。総務省に申請が要るんですよね」

「そうなの？　アキバで売ってるのを見たことあるけど」

「あれは申請なしに使えますけど、電波が微弱なんですよ」

「や。トイレぐらいなら、それで良くないですか？」

「いや、待てよ。だったらいっそのこと、個室に入ってから何分経ったか、外で何人待ってるか、個室内に液晶で表示したら――」

そうして予定されていた三十分程度のプレゼンとディスカッションは、熱い議論と共に一時間を優に超え、なんと次回はミーティングに呼ばれることになった。

「社長、松久さん、お疲れ様でした。今日は貴重なご意見、ありがとうございました」

「ね。ボクの言った通りでしょ？」

「はい。是非とも、今回のご意見を盛り込んだ」

「あ、車が来たので。申し訳ない」

「それではまた、次回のミーティングで」

深々と頭を下げる、第一商品開発部の部長さんに見送られ。生意気にも社長と一緒の社用車で本社へ送ってもらう、元総務課の現クリニック課アラサー女。縁も所縁（ゆかり）もないはずの革張り後部座席に乗せてもらい、何とも言えない不思議な気持ちに包まれていた。

「三ツ葉社長、申し訳ありませんでした。予定より、お時間を取らせてしまって」

最後のキーボードを叩き終えたのか、社長は膝のノートパソコンをようやく閉じた。そんなに多忙なら途中離席してもよかったのではないかと、気が気ではない。

「ん？　あ、気にしないで。彼らにも、いいディスカッションになったみたいだし」

「まさか私の心因性頻尿が、少しでも何かの役に立つなんて考えたこともなくて……」

恥ずかしいこと、情けないこと、努力が足りない、根性なし——今までは、そういったネガティヴな感情しかなかった。それがどこでどうなったのやら、気づけば他部署で初対面の相手と一緒に仕事をするようになっている。

七年間、人や物事から逃げ隠れしていた自分が恥ずかしい。

「……やっぱり、少しは自分を変えてみる努力をしないとダメですね」

「え？　松久さんは自分を変えるとか変えないとか、考える必要はないと思うけど」

「はい……？」

ちょっと何を言っているのか分からない。

ここはどう考えても、そういう流れの「いい話」で合っている気がするのだけど。

「だって、そもそもさ。琉吾先生が出した医療事務の人選希望は『守秘義務に適している真面目な人材』だったんだよ？」

「は、はぁ……」

「それで人事に聞いたら『真面目で口が堅い人なら総務の松久さん』って、即答されたんだって。社内でそんなに評価されてる人、そうそういないでしょ」

「あの……いや、それは……えぇ？」

誰からも打たれないために人の噂話やグループには一切関わらなかったことを、別の角度からは「真面目で口が堅い人」と評価されていたとは思いもしなかった。

「最近よくさぁ、変わらなきゃとか、変わるきっかけとか、あなたも変われるとか？　そういう無理やりにでも『自分を変えるべき』みたいな煽り広告とかキャッチコピーとか、よく見かけない？」

「はい。わりと見かけます」

だからさっき、そう思って「ちょっといいこと」を言ってみたのだけど。

「もしも松久さんがあの頃の自分を変えてたら、今の異動はなかったわけでさ。そしたら今日のことも、当然なかったんだよ？」

「……ですね、はい」

「それでも自分を変える努力って、しなきゃダメかな」

さすが変わり者の社長だけあって、世のムーブメントを全否定してくれる。

でもそれが、妙に心地よいのも事実だった。

「あの、つまり……自分が変わらないことで得た、自分が変わるきっかけ……ということになるんでしょうか」

「いいね。そのアンビバレントな感じ」

社長はもの凄く楽しそうに、歯を見せて笑った。

話が難しすぎるせいだろうか、ロフラゼプ酸エチルのせいだろうか。正直どうでもよくなってきたので、考えるのを止めることにした。

「松久さんは、このあと用事ある？」

「……クリニック課に戻ってからですか？」

「そう。もう四時半過ぎだからさ、今日は――」

その時、スマホが振動して画面に「森先生」という文字が浮かんだ。

しかも途切れないので、これは間違いなく電話だ。

「あ、あの……」

「いいよ。出て、出て」

「失礼します。森先生からなので」

「え？　それ、琉吾先生からなの？」

それを聞いた社長の笑顔は、あの眞田さんが時折見せる小悪魔的なものに近かった。

「ごめん。悪いようにはしないので、ちょっといい？」

「……あ、はぁ」

そんな顔で社長に頼まれたら、誰でもスマホを渡さざるを得ないだろう。

振動し続けるスマホを受け取った社長は、迷わずフリックして電話に出てしまった。

「あ、琉吾先生？　ん？　ボクだけど……そう、ちょうど終わったところでさ……え？

今、車で銀座に向かうところ……松久さん？　一緒だよ？　直帰で打ち上げするから」

ちょっと何を言っているか分からない。

ともかく社長は、子どものように楽しそうだった。

「もしもーし？　琉吾先生？　あれぇ？　電波が悪いなぁ」

そう言って電話を切ってしまうと、満面の笑みでスマホを返してくれた。

「松久さん。パワハラで労基に行かないでね？」

「や、別にそんなことは考えてもいないですけど……その、先生が」

「大丈夫だよ。すぐ――」

かけ直されてきた電話の画面で「森先生」という文字を見て、社長はめちゃくちゃ楽しそうだった。

「あの……社長？」

「あー、もう。ホント琉吾先生って、昔から変わんないなぁ」

「で、電話は……私、どうすれば」

「出てあげて。ものすごく心配してると思うから」

「……心配？　何のです？」

「そのうち分かると思うよ。まず、出てあげて」

顔をくしゃくしゃにして笑ったあと、三ツ葉社長は運転手さんにライトクの本社へ向かうように指示していた。

「はい、松久……え？　いや、本物ですけど？」

今度は隣で、社長のスマホが振動した。

「あ、昇磨くん？　大丈夫だよ、本社に戻ってる……けど、琉吾先生には黙っててね」

夕陽を浴びた黒い革張りの社用車に揺られながら、不思議と笑いが込み上げてきた。

打たれ弱い人間に変わりはないけど、ここは出る杭になっても打たれる場所ではない。

目立たず、誰にも頼らず、息を殺してひっそりと生きていく必要のない場所。

それが私の新しい世界、総務部クリニック課——私の新しい居場所なのだ。

この作品はフィクションであり、実在する人物、団体等には一切関係ありません。また、作中に登場する傷病等への対処方法や薬剤処方の内容は、架空の登場人物に対するものであり、実在する同じ症状や疾病の全てに当てはまるものではありません。

光文社文庫

文庫書下ろし
はい、総務部(そうむぶ)クリニック課(か)です。
著者　藤山素心(ふじやまもとみ)

2022年6月20日　初版1刷発行
2024年12月15日　9刷発行

発行者　三宅貴久
印刷　堀内印刷
製本　ナショナル製本

発行所　株式会社　光文社
〒112-8011　東京都文京区音羽1-16-6
電話（03）5395-8149　編集部
8116　書籍販売部
8125　制作部

ISBN978-4-334-79374-6　Printed in Japan

組版　萩原印刷

光文社文庫　好評既刊

真犯人の貌　前川裕
いちばん悲しい　まさきとしか
屑の結晶　まさきとしか
山手線が転生して加速器になりました。　松崎有理
匣の人　松嶋智左
花実のない森　松本清張
混声の森（上・下）　松本清張
風の視線（上・下）　松本清張
弱気の蟲　松本清張
鴎外の婢　松本清張
象の白い脚　松本清張
地の指（上・下）　松本清張
風紋　松本清張
影の車　松本清張
殺人行おくのほそ道（上・下）　松本清張
花氷　松本清張
湖底の光芒　松本清張

数の風景　松本清張
中央流沙　松本清張
高台の家　松本清張
翳った旋舞　松本清張
霧の会議（上・下）　松本清張
馬を売る女　松本清張
鬼火の町　松本清張
紅刷り江戸噂　松本清張
彩色江戸切絵図　松本清張
異変街道（上・下）　松本清張
ペット可。ただし、魔物に限る　松本みさを
ペット可。ただし、魔物に限る　ふたたび　松本みさを
恋の蛍　松本侑子
島燃ゆ　隠岐騒動　松本侑子
世話を焼かない四人の女　麻宮ゆり子
バラ色の未来　真山仁
当確師　真山仁